KB076423

나는 홍범도다

1판 1쇄 인쇄 | 2024년 03월 18일
1판 1쇄 발행 | 2024년 03월 22일

지 은 이 | 이동순
펴 낸 이 | 천봉재
펴 낸 곳 | 일송북

주   소 | 서울시 성북구 성북로 4길 27-19(2층)
전   화 | 02-2299-1290~1
팩   스 | 02-2299-1292
이 메 일 | minato3@hanmail.net
홈페이지 | www.ilsongbook.com
등   록 | 1998. 8. 13(제 303-3030000251002006000049호)

근대

육성으로 직접 들려주는 독립군 장군 일대기

나는 홍범도 다

이동순 지음

얼씨구북

나는 홍범도 다

내가 오지 말았어야 할 곳을
왔네 나, 지금 당장 보내주게

야 이놈들아, 내가 언제 내 흉상 세워 달라
했었나. 왜 너희 마음대로 세워놓고, 또 그
걸 철거한다고 이 난리인가. 내가 오지 말았
어야 할 곳을 왔네. 나, 지금 당장 보내주게.
원래 묻혔던 곳으로 돌려보내주게. 나, 어서
되돌아가고 싶네.

-홍범도가 독자에게-

한국을 만든 인물 500인을 선정하면서

일송북은 한국을 만든 인물 5백 명에 관한 책들(5백 권)의 출간을 기획하여 차례대로 펴내고 있습니다. 이는 궁정적이든 부정적이든 우리 역사에 뚜렷한 족적을 남긴 인물들의 시대와 사회를 살아가는 삶을 들여다보고 반성하며, 지금 우리 시대와 각자의 삶을 더욱 바람직하게 이끌기 위해서입니다. 아울러 한국인의 정체성은 무엇인가를 폭넓고 심도 있게 탐구하는, 출판 사상 최고·최대의 한국 인물 총서가 될 것입니다.

시리즈의 제목은 「나는 누구다」로 통일했습니다. '누

구'에는 한 인물의 이름이 들어갑니다. 한 인물의 삶과 시대의 정수를 독자 여러분께 인상적·효율적으로 전할 것입니다. 무엇보다 지금 왜 이 인물을 읽어야 하는가에 충분히 답해 나갈 것입니다.

이번 한국 인물 500인 선정을 위해 일송북에서는 역사, 사회, 문화, 정치, 경제, 국방, 언론, 출판 등 각 분야의 전문가들로 선정위원회를 구성했습니다. 선정위원회에서는 단군시대 너머의 신화와 전설쯤으로 전해오는 아득한 상고대부터 아직도 우리 기억에 생생한 20세기 최근세까지의 인물들과 그 시대들에 정통한 필자를 선정하고 있습니다.

우리는 지금 최첨단 문명시대를 살고 있습니다. 인터넷으로 실시간 글로벌시대를 살고 있으며 인공지능 AI의 급속한 발달로 인간의 정체성마저 흔들리고 있음을 절감하고 있습니다.

이러한 때일수록 인간의, 한국인의 정체성이 더욱 절실히 요구되고 있습니다. 그 정체성은 개인이나 나라의 편협한 개인주의나 국수주의는 물론 아닐 것입니다. 보수와 진보 성향을 아우르는 한국 인물 500은 해당 인물의 육성으로 인간 개인의 생생한 정체성은 물론 세계와 첨단 문명시대에서도 끈질기게 이끌어나갈 반만년 한국인의 정체성, 그 본질과 뚝심을 들려줄 것입니다.

차 례

책머리에

회고 형식으로 기록한 홍범도 장군 일대기

      이 책은 홍범도 장군이 쓴 회고록이다. 2021년 카자흐스탄 크즐오르다에서 고국으로 돌아와 지금 국립대전현충원에 묻혀계신 민족의 영웅 홍범도 장군이 직접 구술로 들려주시는 당신의 일대기이다. 홍 장군은 글을 제대로 배운 적이 없다. 그래서 친필로 남긴 문서도 거의 없다. 의병대장과 독립군대장으로 활동하던 시절, 여러 유고문 (諭告文)이나 연설문을 홍 장군 이름으로 발표할 때에는 부하 중에서 지식인 담당자가 있었다. 그가 홍 장군의 뜻을 담은 문서를 대필로 정리한 것이 몇 가지 남아 있다.

다만 살아오신 이야기를 실감나는 구술로 몇 차례 풀어
내신 적이 있었는데 그것은 카자흐스탄 크즐오르다에서
머물던 시절, 그곳의 고려극장 경비를 하실 때의 일이다.
고려인 극작가 태장춘(太長春)이 평소 홍 장군을 끔찍이
위하고 존경하는 마음을 가졌다. 그는 틈만 나면 홀로 쓸
쓸히 지내시던 장군을 자기 집으로 모시어 종종 함께 식
사를 하면서 장군의 회고담을 청해 들었다. 극작가의 부
인은 고려인 배우 이함덕(李咸德)으로 그녀가 옆에서 귀
한 내용을 노트에 깨알 같이 받아 적었다. 그 기록을 〈홍
범도 일지〉라고 한다. 하지만 원본은 지금 세상에 남아
있지 않다. 고려인 작가 김기철(金基哲)이 이함덕에게 노
트를 빌려갔다. 그런데 김씨의 부인이 빨래를 하면서 남
편의 옷 속에 든 것을 확인하지 않고 그대로 세탁을 했기
에 모조리 유실되고 말았다. 하지만 홍범도 장군의 옛 부
하 이인섭(李仁燮)이 지난날 이 〈홍범도 일지〉를 빌려
다가 따로 필사한 기록이 현재 전해지고 있다. 전문을 읽
어보면 매우 실감나는 기록이다. 홍 장군의 말투와 품성
이 그대로 생생히 담겨 있는, 보배와 같은 자료다. 그것을

통해 우리가 원본의 전모를 알 수 있으니 얼마나 감사하고 다행한 일인지 모른다.

내가 독립투사였던 조부님의 유촉(遺囑)을 받아 1980년대 초반부터 민족 서사시『홍범도』(전 5부작 10권)를 쓰는 데 대한 의욕과 포부를 가졌다. 철저한 준비도 하지 않고 달려들어 집필을 시작했으나 출생과 성장에 관한 기록이 국내에는 전혀 없어서 나의 작품 쓰기는 맥을 잃고 갈다가 버려둔 묵정밭처럼 되어버렸다. 그러다가 2000년, 미국을 방문교수로 한 해 동안 다녀오게 되어서 그 시기에 홍범도 관련 자료를 백방으로 찾아다녔다. 뜻밖에도 그 무렵에 발간된 〈홍범도 일지〉를 접하게 되었고, 기타 유익한 자료를 추가로 찾아내어 나의 작품 쓰기는 암흑 속에서 한 줄기 광명을 얻은 듯 새로 활기를 띠게 되었다. 그 성과가 1983년, 10권 규모의 서사시전집으로 나왔지만 워낙 분량이 적어 아무도 관심 갖는 이가 없었다.

2021년 8월 15일 광복절, 카자흐스탄 크즐오르다의 고려인 공동묘지에 묻혀 있던 홍범도 장군의 유해가 78년 만에 한국의 국립대전현충원으로 봉환되었다. 그날의 감격은 오래도록 소외 속에 방치되었던 홍범도 장군에 대한 국민적 관심을 불러일으키는 계기가 되었다. 여러 곡절로 홍범도 장군이 독립운동사에서 고의적으로 소외되었던 사실도 밝혀지고 있다. 이런 분위기를 타고 홍범도 장군과 관련한 여러 신간이 속속 발간되었다. 필자 또한 2023년 삼일절을 앞둔 시기에 평전 『민족의 장군 홍범도』와 시집 『내가 홍범도다』를 한길사에서 펴내었다. 이 책에 대한 독자들과 언론의 관심은 뜨거웠다.

홍범도 장군이 고국의 품에 안긴 지 불과 두 해가 지났을 무렵, 지난 8월 하순부터 느닷없는 소식이 언론에 보도되었다. 그것은 국방부와 육군사관학교 교정에 설치된 홍범도 장군 흉상을 철거하겠다는 충격적 내용이었다. 홍범도 장군은 이 나라 독립투쟁사를 대표하는 하나의 상징으로 확고히 자리를 잡은 지 오래인데 돌연 이 무슨 뜬금없는 망언인가. 보도는 계속 이어져서 홍범도 장군이 지닌 사상적 발자취가 공산주의자였으므로 이를 철거해서 다른 곳으로 이전하겠다는 발표가 계속되었다. 현 집권 세력의 이러한 발표는 엄청난 국민적 저항을 불러일으

컸다. 그리고 그 배경에 뉴라이트의 괴기적 역사 인식이 자리 잡고 있음이 확인되어 소란은 더욱 커졌다. 앞으로 과연 어떤 불행한 사태가 일어날지 우리는 주목하고 있다. 이러한 일련의 일들은 현 정부의 경솔함을 드러내는 처사에 지나지 않는다. 그들은 큰 과오를 저질렀고, 민족사의 위상에 심각한 생채기를 남겼다. 어찌 이런 일들이 발생할 수 있단 말인가.

얼마 전 도서출판 일송북의 천봉재 대표가 홍범도 장군 본인이 쓰신 느낌의 일대기를 회고록 형식으로 한번 발간해보자는 흥미로운 제의를 해왔다. 그에 따라 홍범도 장군의 구술 회고록 〈홍범도 일지〉를 새로 풀어서 현대 어법으로 바꾸고 부족한 부분을 내가 채워 넣는 첨삭(添削) 작업을 시작했다. 말하자면 홍범도 장군이 한국에 돌아오신 뒤 우리에게 당신이 살아온 지난 세월 이야기를 도란도란 들려주시는 그 일대기를 기록한 것이다.

비록 저자의 이름으로 이 책이 발간되지만 실제로는 홍범도 장군의 구술을 옮겨 적었으니 실질적 저자는 홍범도 장군이다. '나'라는 1인칭 화법의 당사자인 홍범도 장

군의 당시 입김과 체취가 물씬 풍겨나도록 현장감을 강화
했다. 이 머리말을 적으면서 우리는 홍범도 장군께 송구
스러운 마음을 금치 못한다. 많은 독자가 이 책을 읽으며
홍범도 장군의 거룩한 생애를 다시금 되새기며 성찰하는
계기가 되기를 바란다.

2024년 3월
홍범도 장군 서거 81주년을 맞으며
이 동 순

나는 홍범도다

태어나서

나, 홍범도(洪範圖)는 1868년 평양의 서문안 문열사(文烈祠) 앞에 있는 오두막집에서 출생했다.

어머니는 나를 낳은 지 7일 만에 돌아가시고 아버지 품에서 동네 여러 어머니의 젖을 얻어먹고 자랐다. 아홉 살 되던 해에 아버지가 세상을 떠나셔서 나는 졸지에 고아가 되었다. 그래서 남의 집으로 다니며 꼴머슴살이로 고생하면서 내 나이 어느덧 열다섯이 되었다.

그때 나는 평양성에서 병정을 뽑는다는 벽보를 보고 문득 군대에 들어가고 싶다는 생각이 들었다. 그래서 내 나이를 두 살 올려서 속이고 입대했다. 키가 크고 덩치가 우람해서 내가 나이를 속인 것을 아무도 몰랐다. 군대에서는 우영 제1대대 소속의 나팔수로 4년 동안 복무했다. 그런데 군대 기강이 엉망진창이었다. 상관들은 군용물품을 훔쳐서 밖으로 빼내어서 팔아 이익을 챙기기 바빴다. 이런 상관에게 부하들은 마구 대들었고 기율은 엉망이었다.

어느 날 부조리 현장을 목격하고 달려가 지적한 뒤 흠씬 몰매를 맞았다. 분해서 견딜 수가 없었다. 어느 날 밤, 그 상관을 불러내어 따지는데 그가 칼을 빼어 나를 찌르려 했다. 한순간 나는 그를 번쩍 들어서 수챗구멍에 거꾸로 처박았다. 그는 몇 번 발버둥질하다가 잠잠해졌다. 숨이 끊어진 듯했다. 이대로 머물다가는 날이 밝아서 영창으로 끌려가 초주검이 될 게 뻔했다. '에라 모르겠다. 이곳은 내가 더 버티고 견딜 곳이 아닌가 보다.' 그 길로 담을 넘어 탈영병 신세가 되었다. 낮에 산으로 들어가 숨고, 깊은 밤에만 이동했다.

이렇게 도망해 다니다가 나는 황해도 수안군 총령면의 한지 만드는 제지소(製紙所) 앞을 지나게 되었다. 당시에는 그곳을 지막(紙幕), 혹은 조지소(造紙所)라고 불렀다. 주인이 나를 보고 손짓으로 불렀다. 어디서 오는지와 배가 고픈지를 물었다. 그가 안으로 들어가더니 찬밥 한 덩이를 가져와서 주기에 나는 그것을 물에 말아 마파람에 게눈 감추듯 허겁지겁 퍼먹었다.

이윽고 그가 하는 말이

"보아하니 힘깨나 쓰는 듯 보이는데 여기서 종이 뜨는 기술을 배우거라."

그 말이 고맙기도 하고 또 떠돌아다니는 일도 지쳐서 수락하고 그날부터 제지소의 보조일꾼이 되었다. 총령의 그 제지소는 황해도에서도 유명한 종이 공장이었다. 돈도 많이 벌어서 큰 부자로 소문이 나 있었다. 그로부터 나는 3년 동안 열심히 일에만 몰두했다. 그런데 알고 보니 주인은 삼 형제 중의 장남으로 두 아우도 종이 뜨는 기술자였다. 그 형제들이 모두 동학 신도들이었다.

당시 동학이란 이용구(李容九, 1868~1912)가 주도하는 시천교(侍天敎)를 믿고 따르는 교도들을 일컫는 말이었다. 그 시천교에서는 교주 이용구가 매국노 송병준(宋秉畯, 1857~1925) 놈과 야합해서 아주 골수 친일파들의 조직을 만들어 어떻게든 나라를 일본에 팔아넘기려고 애쓰고 있었다. 시천교 교도들을 당시엔 동학쟁이라 불렀는데 동학에서 갈라져 나온 무리라 그렇게 부른 듯하다. 그런데 놈들의 행패가 몹시 심했다.

그 동학당 형제들 중에서 막내아우가 나를 몹시 닦달하고 미워했다. 공연히 트집을 잡고 물건을 집어던졌다. 게다가 맏이는 내 월급을 일곱 달치나 미루고 주지 않았다. 내가 밀린 품삯을 자꾸 재촉하자 그는 나에게 이렇게 말했다.

"네 월급을 찾고 싶으면 먼저 동학에 입당해라. 만약 내 말을 따르지 않으면 나는 절대 나머지 돈을 주지 않을 거야."

이렇게 분한 노릇이 어디 있나. 내가 피땀 흘려 일했기에 받아야 할 품삯을 가로채고 주지 않는, 이런 막되먹은 놈이 어디 있나. 군대에서 상관 놈이 저지르던 부조리와 같은 짓거리였다. 그 해가 1886년이었다. 동학쟁이들이 거드름 피우며 마을마다 행패를 부리고 다니던 시절이다. 제지소 주인 놈이 하는 짓도 똑같다. 재촉할 때마다 나는 이렇게 말했다.

"동학당에 들고 싶은 마음은 전혀 없습니다."

어느날 이 대답을 들은, 주인의 막냇동생이 몽둥이를 갖고 와서 갑자기 내 등을 후려갈겼다. 품삯까지 떼이고 폭행까지 당했으니 더 참을 수가 없었어. 내가 애써 번 돈을 더러운 네 놈들에게 강탈당할 수는 없었지. 그래서 어느 날 밤, 자정이 넘어서 달도 구름 속에 가린 틈을 타 도끼를 들고 제지소 형제 놈들이 잠든 안방으로 들어갔다. 놈들은 자다가 혼비백산해서 얼굴이 하얗게 질렸다. 그리곤 비굴하게 머리를 굽실거렸다.

"제발 살려만 주십시오. 돈은 바로 드릴게요."

나는 그 말에 대답하지 않고 도끼를 사정없이 휘둘러 세 악당 놈들을 단숨에 거꾸러뜨렸다. 그때 악당들을 세상에서 몰아낸다면 세상이 깨끗해진다는 아주 순진한 생각을 했는지 모르겠다. 나는 방 안이 순식간에 조용해진 것을 확인한 다음 황급히 그곳을 떠나 어둠 속을 달렸다. 탈영병이자 살인자가 된 내 얼굴이 그려진 종이가 마을마다 공터의 벽에 방문(榜文)으로 붙어 있었다.

금강산 산사의 중이 되다

그날 밤 산길로만 돌고 돌아서 강원도 금강산 신계사(新溪寺)로 찾아들었다. 이미 그 명성을 들은 바 있는 지담(芝潭) 스님을 찾아가 거기 머물게 해달라고 간청했다. 스님이 이름을 묻기에 김해동(金海東)이라 변성명으로 둘러대었다. 스님은 경기도 수원 출생으로 덕수 이씨였다.

그 옛날 임진왜란 시절에 나라를 위해 목숨 바쳐 싸우신 충무공(忠武公) 이순신(李舜臣, 1545~1598) 장군의 후손이라 했다. 처음엔 땔감도 하고 물도 길었다. 이른 새벽부터 신계사의 넓은 마당을 댑싸리비로 말끔히 쓸었다. 그로부터 몇 달 뒤 해가 바뀔 무렵 드디어 나는 머리를 깎고 스님의 상좌가 되었다. 등명(燈明)이란 법명도 받았다. 스님은 늘 이렇게 말씀하시며 의미 깊은 화두를 주셨다.

"네 가슴속의 활활 타는 분노의 불부터 다스리거라."

그 이듬해 봄, 아래쪽 암자로 간장과 된장을 전해주러 가던 오솔길에서 한 비구니와 마주쳤다. 창백한 얼굴의 비구니는 고개를 숙이고 두 손을 다소곳이 모았다. 내가 먼저 말을 걸었다.

"스님은 어느 절에 계신지요? 나는 신계사의 등명이라 합니다."

"소승은 유점사(楡岾寺)에 머물고 있는 동운(東雲)이라 하옵니다."

"신계사 지담 스님께 심부름 가는 길이지요."

나는 그 비구니와 바위에 나란히 걸터앉아 말없이 계곡 물소리를 들었다. 가슴속으로 어떤 맑은 물줄기가 흘러들어오는 것이 느껴졌다. 그런 인연을 맺은 뒤로 나는 틈날 때마다 유점사를 찾아갔다. 동운 스님을 만나기 위해서였다.

때는 바야흐로 삼라만상에 새 봄이 와서 파릇파릇 생명

이 움텄다. 계곡 물소리도 바람소리도 한결 부드럽고 아늑하게 느껴졌다. 그런데 내 마음속에는 동운 스님의 얼굴이 자꾸만 가득 차올랐다. 잠잘 때도, 예불 드릴 때도 오로지 비구니 스님의 모습만 어른거렸다. 이게 무엇일까. 나는 동운 스님을 가만히 불러내어 유점사 뒷산으로 올라갔다. 가는 산길의 중간에서 나는 한순간 용기를 내어 비구니에게 다가가 어깨를 와락 감싸 안았다. 동운 스님은 내 가슴에 안겨 어린 새처럼 가슴만 팔딱거렸다.

동운도 내가 싫지는 않은 듯했다. 여러 가지 이야기를 들어보니 아픈 사연도 많았던 듯했다. 함경북도 북청(北青)에 친정이 있는데 아버지 단양 이씨는 악질 지주 놈 밑에서 머슴살이를 하다가 병을 얻어 세상을 떠나고, 동운은 고통스러운 세상이 싫어져서 어머니 혼자 고향마을에 남겨둔 채 산중으로 들어와 기어이 머리를 깎았다고 한다.

"내가 그대를 끝까지 도울 게요. 앞으로는 힘든 일이 없도록 내가 모든 것을 앞장서서 해결해 나갈게요."

우리는 말없이 두 손을 마주 잡았다. 사랑은 점점 뜨거워졌다.

나는 이대로 산골 사찰에 숨어서 살아가는 것이 싫어졌다. 동운 스님을 데리고 다시 속세로 달려 나가고 싶었다. 가정을 꾸려서 아기도 낳고 단란하게 살아가고 싶은 마음이 솟구쳤다. 이 뜻을 지담 스님께 기어이 고백하고 말았다. 스님은 빙긋이 웃으면서 이렇게 말씀하셨다.

　"내 이미 네 마음속을 들여다보고 있었으니라. 너는 이 산골에서 머리 깎은 사미로 살아갈 운명이 아닌 것을 나는 알았지. 이 신계사에 그 옛날 사명대사(四溟大師) 유정(惟政, 1544~1610) 스님이 머무셨느니라. 유정 스님은 나라에 왜적이 쳐들어와 위기를 겪을 때에 승병을 일으켜 정의를 세웠단다. 등명아, 네가 이 신계사에서 잠시 머물렀던 것도 깊은 인연의 법도에 따라 움직였던 것이다. 네가 장차 나라를 위기에서 구하는 사명 스님의 큰 후계자가 되거라."

　지담 스님의 말씀을 들으며, 내 가슴속에서 뜨거운 불덩어리가 활활 타는 것을 느꼈다.

　"어서 나가 네 운명의 길을 걸어가거라."

　햇수로는 2년이고 달수로는 꼭 채운 1년이었다.

단독 의병

나는 동운, 아니 단양 이씨와 금강산을 떠났다. 목적지
는 단양 이씨의 어머니가 계신 북청 인필골이었다. 중로
의 어느 주막집에서 식사를 하고 있었는데 수상한 두 사
내 둘이 나를 자꾸 흘끔거리며 있었다. 우리가 식사를 마
치고 길을 떠나자 그놈도 황급히 우리 뒤를 밟아왔다. 어
느 후미진 오솔길에 접어들 때 놈들은 우리 앞을 지나치
며 길을 막았다.

"둘 다 머리를 빡빡 밀은 걸 보니 일진회 소속인가?"

"가만 있자, 이 사내는 낯이 익은데 혹시 수배된 도망자
가 아닌가?"

놈들은 왜적의 앞잡이로 순사보조원이었다. 어느 틈에

옆구리의 칼을 뽑아서 들고 있었다.

"어디선가 낯이 익다 했더니 벽에 붙은 방문의 형상과 꼭 닮았네 그려."

그런데 다른 한 녀석이 갑자기 단양 이씨의 손목을 잡고 숲속으로 끌고 들어가려 한다. 갑자기 더러운 욕심이 발동한 것이다. 이씨는 끌려가지 않으려고 발버둥 쳤다. 나는 그 꼴을 보고 한순간 머리꼭지가 돌아버렸다. 비호처럼 달려가 여인을 끌고 가려는 놈의 멱살을 강하게 움켜잡고 온몸을 한 바퀴 빙글빙글 돌리다가 소나무 등걸에 채찍처럼 후려쳤다. 놈은 찍 소리도 못하고 몽둥이에 죽은 개처럼 축 늘어졌다.

다른 한 놈이 허리에서 권총을 꺼내어 곧바로 사격 자세를 취했다. 나는 잽싸게 몸을 돌리며 번개처럼 달려가 놈의 권총 쥔 손을 발끝으로 걷어찼다. 그리곤 목덜미를 잡아서 힘껏 누르며 땅바닥에 엎드리게 했다. 한쪽 발로 놈의 목을 짓밟고 누르며 소리쳤다.

"동족인 줄 알았더니 네 놈 몸속에는 왜적의 피가 흐르는구나."

"내 이제야 너희 매국 역도의 속내를 환히 파악했노라."

"이 더러운 반역자 놈아! 오늘이 네 제삿날이라는 것만 알고 있거라."

나는 주먹을 단단히 움켜쥐고 악당 놈의 대갈통을 세차게 내리쳤다. 악당은 끽 소리도 하지 못하고 주먹 한방에 두 다리를 쭉 뻗으며 사지의 맥을 아주 놓아버렸다. 세상엔 이렇게 독사 같은 악당이 득시글거리는데 놈들은 거의 대부분 왜놈의 등에 업힌 앞잡이들이었던 것이다. 오늘까지 다섯 명의 악당 놈들이 내 손에 처치가 되었다. 앞으로 얼마나 더 이런 일을 겪어야 할 것인가. 나는 악당 놈의 권총과 실탄을 거두어 바랑 속에 챙겨 넣었다.

거기서 나는 단양 이씨를 혼자 떠나보냈다. 몹시 위험하지만 각별히 조심하고 주변을 살피면서 북청까지 잘 도착하기를 당부하고 기원했다. 두 사람은 산중에서 눈물의 작별을 했다. 과연 잘 도착했는지 계속 걱정되었지만 확인할 방도가 없었다. 나는 그 길로 강원도 회양 먹패장골로 찾아들어갔다. 듣기로는 그 골짜기가 워낙 깊고 험준해서 아무도 접근해오는 일이 전혀 없는 안전한 곳이라 했다. 골짜기 속으로 사십 리쯤 들어가서 나뭇가지와 풀을 엮어서 헛간 하나를 만들었다. 비바람만 피하면 되었다.

거기서 무려 3년 동안 산짐승 잡아먹고, 나무 열매를 따먹으며 총 쏘는 연습을 했다. 나무 등걸에 표적을 그려놓고 먼발치에서 정확히 맞춰 쏘는 연습이다. 그때가 을미년 8월 23일 무렵이다. 산중에서 포수를 만나 세상 소식 들으니 기가 막히는 일이 벌어졌다더구나.

불과 사흘 전에 왜적 깡패 놈들과 왜병들이 일본 공사 놈과 한통속이 되어 대원군을 받드는 시늉을 하며 경복궁으로 들어가 시위연대장 홍계훈(洪啓薰, 1842~1895)과 궁내부 대신 이경식(李耕稙, ?~1895)을 죽이고 병풍 뒤에 숨었던 명성왕후 민비(閔妃, 1851~1895)를 궁궐 마당으로 끌어내어 칼로 난자해서 무참해 살해했다는구나. 그리곤 시신에 석유를 뿌려서 완전히 불태워 재만 남았다네. 이런 기막힌 일이⋯. 이 충격적인 소식을 들으며 내 가슴은 분노로 와들와들 떨렸고, 불끈 쥔 두 주먹엔 핏줄이 솟아올랐다.

1895년 11월 15일, 나는 금강산 장안사(長安寺)로 넘어오는 첫 쉼터인 길목에서 지나가는 길손에게 단발령 소속을 들었다. 그 길손은 이름이 김수협(金秀協)이라 했는데 성격이 호방하고 거침이 없었다. 길 모롱이에 앉아 올라온 아래쪽을 바라보며 그는 곰방대에 엽초를 재어서 피워 물었다. 그는 황해도 서흥(瑞興) 사람이었다. 세상을 이토록 혼탁하게 만드는 주범이 왜적들이라 자신은 그 악당 놈을 퇴치하기 위해 길을 나섰다고 했다. 기가 막히게도 나와 뜻이 똑같았다. 우리는 함께 의병(義兵)을 결의하고 길을 떠났다. 그때까지만 해도 의병이란 것이 무엇인지도 모르고 한두 사람의 힘으로 이룰 수 있는 것인 줄 알았다.

나는 김수협과 함께 김성창 두장 거리에 도착했다. 멀리서 보니 왜놈 병정 200명가량이 행군 중에 잠시 쉬고 있었다. 그런데 그놈들 어깨에서 번쩍이는 소총을 보는 순간 갖고 싶은 마음이 절실해졌다. 하지만 두 사람으로는 도저히 200명을 감당할 수 없었기에 아쉽지만 포기할 수밖에 없었다. 그날로 철령을 오르다가 가파른 고갯길에

두 사람이 잠시 다리쉼을 하고 있었다. 철령(鐵嶺)은 함경남도 안변군 신고산면과 강원도 회양군 화북면 사이의 높은 고개를 말한다. 해발 685m다. 이 철령을 기점으로 북쪽을 관북 비장, 동쪽을 관동 지방이라 일컫는다. 그때 요란한 소리가 들리더니 일본군 1,000명가량이 산악행군을 하고 있는 모습이 보였다. 워낙 많은 숫자에 압도되어 찍소리도 못하고 그대로 엉거주춤 머물며 구경만 했다. 놈들을 공격해서 갖고 있는 소총을 마구 빼앗고 싶은 마음뿐이었다.

산중에서 김수협과 함께 노숙을 한 후 이튿날 아침에 산길을 가는데 왜놈 병정 10여 명이 줄지어 가는 광경을 보았다. 두 사람은 황급히 수풀 속에 몸을 감춘 후 번개같이 고함을 지르며 공격해 주먹과 발차기로 단숨에 쓰러뜨리고 실신한 놈에게서 소총을 빼앗아 달아나는 놈들을 모조리 쏘아 죽였다. 왜병들은 원산에서 서울로 이동하고 있었다. 첫 번째 왜놈 사냥이었다. 우리는 함경남도 안변 학성리(학로) 쪽으로 서둘러 몸을 피했다. 그 마을에서 나는 처음으로 의병을 모집했다.

"우리가 힘을 모아 왜적을 먼저 무찔러야 합니다. 그냥 있다가는 모든 재산과 목숨까지 다 빼앗기게 됩니다. 우리의 적인 왜적을 쳐부수러 떠납시다."

나의 피 끓는 열변에 감동한 청년 14명이 모였다. 그들과 함께 안변군 문산면 사기리의 석왕사에 도착하니 뜻밖에도 철원 보개산(寶蓋山)에서 행군해온 유인석(柳麟錫, 1842~1915) 의병장의 부대와 만나게 되었다. 나는 즉시 그 부대에 들어가 왜병들과의 전투에 참전했다. 그런데 함께 싸워보니 유인석 의병대의 전투력은 예상외로 미약했다. 전투 경험도, 전투 의욕도 별로 없었으며 사기는 거의 바닥 수준이었다. 세 번 싸웠는데 모두 큰 피해를 입었다. 거기서 많은 부대원이 전사했고 행여 살아남은 대원들은 어디론가 사라져 버렸다. 모두가 두려워서 뿔뿔이 달아난 것이다. 나의 동지 김수협도 그 전투에서 죽었다. 지금 생각해도 가슴이 아프다. 의협심이 대단했고, 정의를 위해서는 물불을 가리지 않는 성격이었다.

내가 위급한 중에 겨우 구사일생으로 목숨을 건져 달아난 곳이 황해도 곡산군 하도면 산자락에 있는 널귀 금광이었다. 그곳의 덕대에게 사정해서 다행히 일자리를 얻었다. 하지만 거기도 안심할 수 있는 환경은 아니었으니 금광의 덕대 한 놈이 친일파 동학당이었다. 놈은 낌새를 포착하고 은밀히 보조원에게 알렸다. 일본 순사 놈 다섯이 총을 들고 산모롱이를 돌아들었다는 전갈을 받고 즉시 그곳을 빠져나왔다. 하마터면 붙잡힐 뻔했다. 어딜 가나 이렇게 나를 도와주는 사람이 있었다. 풀숲에 숨었다가 밤이 이슥해지자 그곳을 도망쳐서 박달령(博達嶺) 꼭대기에 다다랐다. 혹시나 하고 주변을 살피는데 아침 해가 둥실 떠올랐다.

그때였다. 일본 순사 세 놈이 나를 잡으려고 뒤를 밟아 왔다가 원산 쪽으로 방향을 틀어서 산을 내려가고 있었다. 즉시 산길을 우회해서 놈들의 앞에 숨어 있다가 먼저 기습공격을 해서 모조리 꺼꾸러뜨렸다. 귀하디귀한 소총세 자루를 노획해서 두 자루는 땅에다 잘 묻어서 표시해두고 한 자루는 내가 챙겼다. 탄환 300개와 왜적들 배낭의 양식은 거두어서 내 바랑 속에 옮겼다. 이젠 당분간 든든하다.

지경산의 정상에 오르니 주변이 한눈에 들어온다. 말 그대로 일망무제(一望無際)다. 사방을 잘 살필 수 있는 평평한 곳에 풀을 깔고 나뭇가지를 얽어서 한둔을 했다. 혹시라도 놈들의 공격을 알아채야 하기 때문이다. 그렇게 산길을 다고 달려서 함경남도 덕원 무달사(無達寺)에 도착해 하룻밤을 묵었다.

행복은 짧다

무달사 스님들에게 들으니 덕원 좌수 전성준(全成俊)은 무척 나쁜 놈으로 민중의 고혈을 빨고 왜적의 앞잡이로 악명이 높다고 했다. 나는 날이 저물기를 기다려 곧바로 전성준 놈의 집을 찾아갔다. 캄캄한 어둠 속에서 개 짖는 소리만 들렸다. 악당 놈의 거처에는 희미한 불빛이 보였다. 나는 담을 뛰어넘어 악당 놈의 방문을 활짝 열어젖히며 소리쳤다.

"네 놈이 전성준이냐? 네 귀에는 네 놈 때문에 피눈물 흘리는 백성들 울음소리가 들리지 않느냐?"

"나는 너희들 악당 놈을 찾아다니며 퇴치하는 홍 도깨비다!"

혼자 앉아서 그날 하루 동안 뇌물로 받은 현금을 헤아리던 악당 놈은 혼비백산했다. 얼굴이 하얗게 질려서 무릎을 꿇고 두 손을 싹싹 비비며 이렇게 말했다.

"제발 목숨만 살려주십시오. 원하시는 것을 다 드리겠습니다."

대충 헤아려보니 일본 지폐로 8,480원이었다. 그 돈을 바랑에 쓸어 담은 뒤 악당 놈을 앞세워 가까운 무달사 입구로 왔다. 전성준 놈을 사찰 뒤의 고목나무 등걸 앞에 세우고 처치했다. 그동안의 악행에 대한 마땅한 징벌이었다.

나는 그 길로 곧장 평안도 양덕으로 넘어갔다. 거기서 다시 성천으로, 영원으로 다니면서 거의 3년 동안 주로 깊은 산간의 오솔길에서 단독의병으로 활동했다. 하지만 뜻을 같이 하는 동지들끼리 힘을 합치고 무력을 규합해서 더 큰 힘으로 왜적들을 무찌르는 정규부대의 필요성을 절실히 느꼈다. 당시 나는 총탄도 없고 제대로 갖춘 군복과 의장도 없고 튼튼한 신발조차 없이 헤매는 비렁뱅이처럼 고생살이를 했다. 그러다가 결국은 그동안 홍도

깨비로 변성명하고 다니던 것을 모두 버리고 내 본명 홍
범도를 그대로 쓰기 시작했다. 더 이상 무엇을 감출 필요
가 있겠는가.

　몸도 마음도 지치고 기력이 빠져서 나는 드디어 함경도
북청 인필골에 산다는 단양 이씨를 찾아갔다. 물어물어
갔더니 그곳에서 이미 집을 옮겼다. 거기도 보조원 놈이
자꾸 찾아와 거머리처럼 괴롭혀서 한참 떨어진 다른 마을
로 이사했다고 한다. 날도 저물어 어느 산골짜기를 헤매
는데 웬 소년이 지게를 지고 걸어갔다.

　"얘야, 너는 어디 사느냐?"

　"그건 왜 물어요?"

　"오늘 내가 너무 힘들어서 네 집에 좀 쉬어가고 싶어서
그런다."

　"뜻이 그러해도 우리 어머니가 허락하셔야 하지요."

　그 아이 뒤를 따라가니 조그마한 초가삼간이 하나 보
인다. 한 아낙이 부엌에서 아궁이에 군불을 지피다가 나
온다.

　"양순이구나, 뒤의 손님은 누구냐?"

"산길에서 만났는데 우리 집에 하룻밤 재워달라네요."

이런 대화를 주고받던 아낙네가 가까이 다가오면서 갑자기 땅바닥에 털썩 주저앉았다. 단양 이씨였다. 헤어진 지가 벌써 몇 해나 되었던가. 내가 너무도 무심해서 아내를 찾지 않았는데 이제야 극적으로 만나게 되었구나. 참으로 기가 막힌 상봉이었다.

금강산 신계사에서 단 한 차례의 사랑으로 아기를 가졌던 아내는 그간 혼자 아들을 낳아서 이름을 양순(良淳, 1892~1908)이로 지었다. 너무 순하고 말도 잘 듣는 착한 아들이었다. 그런데 그 양순이가 산길에서 희한하게도 제 아비를 만나 데리고 온 것이다. 세상에 어찌 이런 일이 있단 말인가. 틀림없이 하늘의 도우심이다.

함경도 북청의 산골 양순네 집에는 모처럼 웃음꽃이 피었다. 밤이 깊도록 양순이는 아버지 무릎에 안겨서 이야기를 해달라고 응석을 부렸다. 그때마다 나는 왜적들 무찌르는 이야기를 마치 남의 일처럼 둘러대면서 실감나게 들려주었다. 아내는 이 광경을 흐뭇하게 바라보며 미소 지었다. 나는 총을 깊이 감추어 두고 그때부터 충실한 농사꾼으로 밭을 갈고 씨를 뿌렸다. 주변 마을 사람들과도 친분을 두텁게 쌓았다. 집에 양식이 떨어질 때쯤 깊은 산 중으로 들어가 사슴과 곰, 여우를 잡아서 그 가죽과 모피를 북청 장의 도가에 내다팔았다. 그게 수입이 괜찮았다.

그렇게 하다 보니 북청 일대의 산포수들과는 차츰 동지적 우정과 결속력이 생겼다. 힘든 일 어려운 일이 있을 때마다 먼저 찾아와 자기 일처럼 솔선해서 돕고 처리해주며 깊은 의리를 쌓아나갔다. 이렇게 농민으로 사냥꾼으로 8년이라는 세월을 보냈다. 이후의 힘들었던 가파른 시간을 돌이켜 보면 그 시절이 그래도 나에게는 우리 가족에게는 가장 아름답고 평화스러웠던 세월이다.

때는 바야흐로 욕심 많은 일본과 러시아가 이 한국 땅을 먼저 차지하기 위해 전쟁을 시작하던 1904년(갑진년)이었다. 두 제국은 음흉한 속내를 감추고 있다가 서로에게 기세를 빼앗기지 않으려고 이 한반도 땅에서 싸움을 벌이기 시작했다. 왜적들은 2월 6일 선수를 쳐서 부산, 마산, 울산 등지의 항구를 점령했다. 뿐만 아니라 대한제국의 전신국을 차지해서 통신을 장악하고 한반도 근해의 러시아 상선을 나포했다. 그 직후에는 인천과 서울을 차지한 뒤 중국의 뤼순을 기습적으로 공격해서 빼앗았다. 일본의 속내는 구체적으로 드러났고, 여기에 앞장 서는 매국노 친일파 놈들이 전국적으로 제 세상 만난 듯이 날뛰기 시작했다.

나는 그 더러운 꼴을 보다 못해 9월 8일 새벽에 다시 총을 들고 집을 나섰다. 양순이 나이가 열다섯이라 이제 의병대로 데리고 가도 될 것 같았다. 본인이 싫다면 모르겠지만 한사코 아비를 따라서 가겠다니 말릴 도리도 없었다. 나는 그 모습이 속으로 흐뭇하고 대견했다.

산포수 의병대

집에 홀로 남은 아내는 눈물로 우리 부자를 떠나보내었다.

"제발 가족들을 잊지 말고 몸조심하셔요."

"양순아, 네가 아버지를 각별히 보살펴드려야 한단다."

양순이는 신이 나서 내 앞을 우쭐대며 앞장서 걸어갔다. 집 떠난 지 사흘 뒤였다. 북청 안평사 칠량동에서 친일파 동학쟁이들의 회의가 열린다는 소식을 들었다. 그날 밤 나는 그곳 회의장으로 들이닥쳐 회의장에 앉아있던 민족 반역자 놈들 30명을 한꺼번에 죽이고 불을 질렀다. 적들은 너무도 놀라 이리 뛰고 저리 달아나다가 잡혀서 죽었다. 완전히 난리법석이었다.

왜병들이 출동하기 전 나는 그 현장을 유유히 빠져나와 솔봉개 숲으로 들어가 숨었다. 밖에서 전혀 보이지 않는 숲 바닥에는 부드러운 풀밭이 깔려 있어서 누우니 마치 푹신한 이불 위에 있는 것 같았다. 그 밤을 깊이 자고 이튿날 후치령(厚峙嶺) 쪽으로 올라갔다. 후치령은 북청군 이곡면과 풍산군 안산면 사이에 걸쳐 있는 높은 고개를 가리킨다. 고갯길에 접어드는데 인기척이 느껴져서 재빨리 몸을 숨겼다. 아니나 다를까 허리원 쪽에서 두런거리는 왜말 소리가 들리더니 일본 병졸 세 놈이 나타났다. 놈들이 가까이 접근할 때까지 기다렸다가 돌연히 기습해서 그 세 놈을 모조리 처단했다. 소총 세 자루에다 탄환 300개를 획득했으니 그날 수확은 짭짤했다.

흐뭇한 심정으로 후치령 서쪽 골짜기에 있는 포수들 쉼터에서 들어가 쉬다가 막 잠이 들었다. 그런데 늦은 밤에 북청 일대의 산포수들이 우르르 들어왔다. 그들은 이미 전부터 잘 알고 있는 산포수 동무들이다. 같은 직업을 갖고 있는 동지들이라 언제 만나도 반가운데 이 산중에서 만나니 더욱 기뻤다. 그 산포수 동무들의 이름을 여기에 일일이 소개한다.

김춘진(金春鎭), 황봉준(黃鳳俊), 이문협(李文協), 박용락(朴容洛), 온성로(溫成魯), 유기운(劉基運), 조병룡(趙炳龍), 태양욱(太陽旭), 노성극(盧城極), 원성택(元成澤), 차도선(車道善), 최학선(崔學善) 등과 여기에 나 홍범도가 있다. 모두 열네 명이다. 우리는 산중 쉼터에서 모인 길에 내가 먼저 중대한 제의를 했다. 산포수 계모임을 조직하자는 의견을 내었는데 모두 찬동했다. 언제 어디서든 어려운 일을 함께 하며 위기도 같이 헤쳐 나가며 서로 돕고 보살피는 유대를 결속해나가기로 합의했다. 뜨거운 밤이었다. 나는 거기서 대장으로 추대가 되었다. 껄껄 웃으며 그 추대를 수락했다.

그해 10월 9일에 있었던 일이다. 후치령 맨 끝자락인 말리의 내리막에서 우리 산포수 의병대는 일본 병졸 1,400명과 맞닥뜨렸다. 적들은 우리 산포수들이 총기를 반납하지 않자 모조리 체포하겠다며 공격해온 것이다. 산중에서 격렬한 전투가 벌어졌다. 산포수 200여 명은 후치령 구석구석을 손바닥의 손금 보듯 환히 꿰뚫어 알고 있다. 반면에 일본군들은 지형지세에 익숙하지 않다. 놈들이 만든 군사 작전 지도에 의존해서 마치 말 배우는 어린아이처럼 어색하게 일 보 전진, 이 보 후퇴를 반복하면서 우리 산포수 의병대를 상대했다. 그날 후치령 전투에서 일본군 700명가량이 교전 중에 죽었고, 동족이지만 왜적을 돕는 보조원 놈들 2,300명도 쓰러졌다.

우리 산포수 의병대에서도 전사자가 여섯이나 나왔다. 나이가 많으면서도 늘 용감했던 김춘진이 죽었다. 황봉준과 이문형(李文亨)이 죽었고, 조강록(趙康錄)과 임승조(任承助), 임사존(任思存)도 목숨을 잃었다. 슬픈 날이었다. 이날 전투는 성과도 컸지만 본격적인 정규전으로는 처음이었다. 그러다 보니 전투에 처음으로 참전했던 의병대 중에서 겁을 먹은 몇몇 의병은 총을 풀숲에 던져버리고 산 아래로 달아나기도 했다. 화가 나고 분노가 치미는 광경이다. 몇몇 대원들의 이름을 불러보아도 대답이 없다. 결국 나와 양순이 둘만 남았다.

다들 도망치고 우리 부자만 숲속에 남았다. 기가 막힐 노릇이었다. 게다가 우리 부자에겐 총탄이 한 발도 남아 있지 않았다. 나는 컴컴한 어둠 속에서 양순의 귀에 대고 낮은 소리로 말했다.

"밤이 좀 더 깊어지면 우리 둘이 일본군 진지로 몰래 포복해 들어가도록 하자."

"일본군 시체를 뒤져서 놈들이 차고 있는 탄띠의 탄환을 벗겨내어 우리 쪽으로 옮겨오도록 하면 어떻겠니?"

"탄환을 어떻게든 많이 확보해야 우리가 살아남을 수가 있어. 그렇게 하지 못한다면 우리는 죽을 수밖에 없어."

"놈들은 오늘 패배를 복수하려고 더 많은 군대를 이끌고 곧 공격해 올 거야."

양순이는 내 뜻을 그대로 받아들이며 아버지를 목숨 걸고 돕겠다며 다짐했다. 우리 부자는 밤이 좀 더 깊어지기를 기다렸다. 일본군 진영에 혹시라도 생존한 적군들이 남아 있을까 염려되었기 때문이다. 이윽고 달도 구름 속으로 숨어들고 별들만 총총한 밤이 되었다. 우리 부자는 죽으면 죽고 살면 살리라는 각오로 입술을 깨물며 배밀이로 앞을 향해 조금씩 기어갔다. 풀숲 여기저기엔 일본군 놈들의 시체가 나뒹굴고 있었는데 거북한 피비린내가 강하게 코를 찔렀다.

시체들에서 탄띠를 벗겨내보니 수천 발이 넘었다. 너무도 묵직해서 쉽게 옮겨가기도 힘들었다. 두 어깨에 탄띠를 수두룩하게 끼워서 역시 낮은 포복으로 왔던 곳을 향해 되돌아가기 시작했다. 이때 우리 부자의 움직임이 적들의 경비에 노출되었던지 갑자기 빗발 같은 총탄이 쏟아졌다. 완전 소낙비 같았다. 자칫하면 뜻을 이루지도 못하고 산중에서 엎드린 채 개죽음을 당할 수밖에 없다는 생각이 들었다. 양순이도 잔뜩 긴장해서 내 옆을 따라왔다. 워낙 캄캄한 밤이라 적들은 방향도 없이 마구 의심되는 곳을 향해 무작정 총질을 해대는 것이라 대부분 공중으로 픽픽 날아갔다. 어둠 속이라 천만다행이었다.

쏟아지는 총탄을 간신히 피하면서 우리 부자는 드디어 그 깊은 야밤에 사십 리 산길을 이동해서 후영동의 토기막 옹기가마에 당도했다. 그곳은 아무도 없었고, 더 이상 옮겨갈 최소한의 힘도 남아 있지 않았다. 나는 양순이를 끌어안고 깊은 잠이 들었다. 이윽고 새벽하늘이 희끄무레 밝아왔다. 아직 곤히 자는 양순이를 깨워서 탄띠 더미를 어깨에 다시 메고 조심조심 주위를 경계하며 엄방골 치기로 들어갔다. 바로 그곳에 살아남은 의병대원들 70명이 일찍 잠에서 깨어난 후 모여 있다가 반색하며 맞이해 주었다.

그들은 무엇보다도 탄환이 떨어져서 이제는 더 이상 전투를 할 수 없으니 의병대를 해체하든가 아니면 화승총을 새로 구하러 다니자고 회의를 하던 중이었다. 이러한 때에 우리 부자가 목숨을 걸고 수집해온 탄환더미를 어깨에 걸고서 나타나니 얼마나 감격스러웠겠는가. 그 탄환을 낱낱이 세어서 전체 대원 한 사람당 꼭 같이 분배하니 그 숫자가 186개였다. 대원들은 감동의 눈물을 글썽였다.

대접전

그 이튿날 우리 산포수 의병대는 배승개덕으로 이동해갔다. 왜적들이 갑산과 혜산의 놈들 부대로 사십 바리나 되는 탄환을 소달구지에 실어서 옮긴다는 정보를 입수했기 때문이다. 우리 의병대 특유의 유격전접, 즉 요소요소에 숨었다가 돌연히 나타나서 불벼락을 안기는 방법으로 왜적 30명을 사살하고 다수의 총탄을 소달구지 채로 노획했다. 도망치는 왜적 십여 명을 추격해서 모조리 처단했다.

이윽고 동짓달로 접어들었다. 산중에 눈보라는 치고 강추위가 몰려오는 계절이다. 11월 26일에는 눈보라 속에 응구괘택 방향으로 부대를 이동해갔다. 그곳의 안전한 장소에서 나는 의병대 조직을 다시 정비했다. 물론 여러 대원의 추천 내용과 의견을 참작했다. 맨 먼저 원성택을 중대장으로 임명했다. 그에게 웅구사 지역의 포수를 모집하는 임무를 주고서 11월 14일에 삼수성을 기습 공격하라는 군령을 내렸다. 이제 함경도의 험준한 산악에서 다져진 유격전법으로 이루지 못하는 것이 없었다.

원성택 중대장은 삼수성 공격에서 왜적 294명을 죽였다. 탄환은 무려 160궤짝이나 노획해서 소달구지로 실어왔다. 얼마나 많은지 탄환의 수를 일일이 헤아릴 수가 없었다. 당분간 탄환 걱정은 할 필요가 없었다. 게다가 값진 노획물이 또 있으니 진위대가 외국에서 도입해 사용하던 베르당 소총 260대를 거두었다. 삼수성의 왜적 병영을 샅샅이 조사하니 탄환 15상자가 더 나왔다. 이것만 해도 오늘의 성과는 몹시 크고 눈부시다.

이제 원성택 중대장에게 남은 최후의 임무는 악질적인 친일파로 소문난 삼수부사 유등(柳等)이란 놈을 처단하는 일이다. 삼수성 마당에 말뚝을 두 개 박아서 거기에다 부사 유등, 평소 양민을 몹시 괴롭히던 군 주사 악당 놈을 밧줄로 꽁꽁 묶었다. 그리고는 두 악당의 목을 베었다. 삼수성 주민들은 앓던 이가 쑥 빠진 듯한 시원한 기분을 느꼈을 것이다.

그로부터 48일이 지난 12월 28일이었다. 슬픔과 고통속에서 한 해가 저물고 있었다. 압록강변 국경 지역의 분위기는 늘 불안하고 뒤숭숭했다. 삼수성에서 다시 격전이 벌어졌다. 지난번에 당한 설욕전을 펼치겠다며 일본군 2,000명이 굳게 지키며 공격 태세를 갖추고 있었다. 그날 저녁부터 전투가 시작하여 밀고 밀리는 격렬한 공방전이 계속되었다. 격전은 해가 바뀐 정월 초사흘까지 이어졌다.

적병들은 이날도 우리 의병대의 공격에 1,033명이나 쓰러졌다. 보조원 놈들도 90명이나 죽었다. 일본군은 그날 사상자가 또다시 1,123명이나 발생했으니 얼마나 큰 치욕을 느꼈겠는가. 그날 노호기물은 어찌된 일인지 별반 성과가 없었다. 소총 18자루만 거두었고, 탄환은 전혀 찾아내지 못했다. 필시 지난 번 전투에서 우리에게 빼앗긴 탄환의 악몽 때문에 미리 빼돌려놓은 것인지도 모른다. 전투가 끝나고 전체 피해 상황을 점검하고 정리했다.

우리 의병대에서 부상을 당한 대원은 김동운(金東運), 성태일(成泰日), 노성극(盧成極), 홍병준(洪炳俊), 임태준(任泰俊) 등 다섯이다. 그들 중에는 목숨이 위험한 지경까지 간 사람도 있다. 속히 치료를 받도록 조치했다. 전투 중에 죽은 대원들은 9명이다. 위험을 무릅쓰고 그들의 시신을 거두어 왔다. 최학선(崔學善), 길봉순(吉鳳淳), 이봉준(李奉俊), 조기석(趙基錫), 홍태준(洪泰俊), 오기련(吳起鍊), 박봉준(朴奉俊), 김일보(金日甫), 최영준(崔永準) 등이 그 주인공들이다. '비록 목숨을 잃었으나 그대들은 장한 일생을 살았다. 우리 겨레의 이름으로 그대들의 머리에 화관을 씌워드리노라. 부디 저승에서는 편안한 시간 보내시기를.'

우리 의병대는 그날 밤중에 출발해서 행군을 떠났다. 정평 쪽에서 이동해온 의병대와 대열을 합쳐서 다시 행군 대열을 정돈했다. 정보원들이 작전 상황과 일본군 동태에 관한 보고를 수시로 했는데 이를 바탕으로 다음 전투에 신속하게 대비했다. 잠시도 쉴 틈이 없다. 이제 우리 의병대의 다음 싸움터는 갑산읍이다. 삼수와 갑산은 지척이다. 우리는 백두산 밀림 속으로 들어가 잠시 대오를 정비하고 전투에 대비하는 준비를 완료한 뒤에 갑산 쪽으로 떠났다.

드디어 1월 19일이 되었다. 그곳 주변에 도착했지만 곧바로 공격 태세를 갖추지 않고 갑산 주변을 에둘러 포위했다. 그리곤 밤이 깊어지기를 기다렸다. 새벽 두 시경이었다. 나는 공격 명령을 내려서 갑산읍으로 들이닥쳤다. 왜적들은 낮부터 공격이 있을 것으로 예상하고 준비하고 있다가 밤이 깊도록 아무런 공격이 없자 방심하고 잠자리에 들었다. 보초 몇 놈만 남겨두었는데 그놈들도 꾸벅꾸벅 졸고 있었다. 이 틈을 노리고 벼락같이 달려들어 일본군 내무반을 이리저리 돌아다니며 마구 찌르고 죽였다. 왜적들은 109명이나 죽였다. 크게 다쳐서 신음하는 놈들은 38명이었다.

이날 공격에서 우리 의병대에서는 뜻밖에도 예상보다 많은 전사자가 나왔다. 전사자가 49명이나 되었다. 전사자가 많이 나온 까닭을 조사하고 토의해보았더니 공격지점을 잘못 선택한 것이 주된 이유였다. 공격지점이 적에게 노출되어 멀리서 적들은 조준사격으로 공격해온 것이다. 전사한 동지들을 산기슭에 묻으며 우리는 눈물을 줄줄 흘렸다.

'우리도 곧 뒤따라갈 터이니 먼저 가서 자리를 잘 잡아놓으시게나.'

모두 이런 심정이었으리라.

흩어지고 손상된 의병대를 다시 추스르고 정돈해서 사기를 회복시켰다. 연일 계속되는 전투에 심신의 피로를 해소할 겨를조차 없었다. 곧이어 동지별 전투가 있었고, 천지평에서 또 한바탕 격전이 펼쳐졌다. 그러게 19일에 전투가 있었는데 불과 사흘 뒤인 22일에 또 교전이 발생했다. 우리 의병대원을 20명이나 잃었다. 우리가 쏘아죽인 적병들은 1,013명이 넘었다. 이렇다 할 노획물도 제대로 챙기지 못했다. 적들은 전투가 끝난 뒤에 우리에게 무기와 실탄을 빼앗기지 않으려고 먼저 거두어서 달아났다.

아내가 왜적에게 죽다

　전투에서 우리가 늘 이기기만 한 것은 아니었다. 함경도 개마고원 일대에서 유격전법을 펼친 결과 대체로 승승장구했지만 무기와 탄환이 점점 떨어지게 되니 말 그대로 고군약졸(孤軍弱卒)로 전락해가는 기색이 뚜렷했다. 전투의 현장에 출동하는 것조차 움츠리고 두려워하게 되니 이를 어찌 홍범도 의병대라 일컬을 수 있을 것인가. '펄펄 나는 홍범도'라 불리던 그 화려하고 빛나는 명성을 언제 다시 회복할 수 있을 것인가.

　깊은 산중의 바위틈 산채에 웅크리고 두더지처럼 엎드려 일어설 줄 몰랐다. 전혀 씩씩한 의병대의 모습이 아니었다. 그런 와중에서도 더덕장 거리에서 교전이 벌어졌다. 몹시도 추웠던 2월 8일경에 또 전투가 벌어졌다. 사기가 떨어진 의병대가 겨우 출동해서 왜적 군대와 한바탕 접전을 벌였지만 의병대에서는 겨우 적병 한 놈만 죽였을 뿐이다.

그해 2월 18일의 일이었다. 일진회 회원으로 왜적 헌병대의 앞잡이가 된 임재덕(林在德), 김원홍(金元洪), 최정옥(崔正沃)이란 천하의 악당들이 있었다. 이놈들이 잔머리를 써서 나를 놈들 뜻대로 귀순시키겠다는 비밀작전계획을 세웠다. 그래서 어느 날 일본 병졸 103명과 한국인 보조원 80명을 인솔해서 내 아내와 아들 양순이를 체포해 갔다. 일본군에 매수된 밀때꾼(밀정)이 몰래 염탐해서 내 집을 알아내었던가 보다.

양순이는 산채에 있다가 능구 창평리의 집으로 조심조심 내려갔는데 잠복하고 있던 왜적들에게 그만 잡히고 말았다. 양순 모자는 함께 헌병대로 끌려가 감옥에 갇힌 몸이 되었다. 놈들은 날이면 날마다 두 사람을 취조실로 끌어내어 갖은 고문과 유린을 가했다. 구두 뒤축으로 허벅지를 찢거나 몽둥이로 목덜미를 때리는 것은 가장 기본적

방식이었다. 공중에 매달고 빙빙 돌리기, 밤새도록 잠을 안 재우기, 손톱 밑에 대침을 박기, 거꾸로 눕힌 채 콧구멍으로 고춧가루 물을 부어놓기 등등 말로 다할 수 없는 악랄한 고문을 했다.

내 아내는 겉으론 온유하게 보이지만 속으로는 무척 강단과 지조가 있는 함경도 여성이다. 한번 작정한 것은 머리가 두 쪽이 나더라도 반드시 이루고야 마는 불같은 성질을 나는 안다. 놈들이 아무리 내가 머무는 산중의 의병대 위치를 실토하라고 강박했지만 한마디도 입을 열지 않았다. 놈들이 원하는 것은 의병대의 위치, 대원들의 이름과 숫자 따위였다. 끝내 놈들의 뜻을 이루지 못하게 되자 이번에는 붓과 벼루를 갖고 와서 나에게 아내가 보내는 편지를 쓰도록 했다.

임재덕이란 놈이 아내 앞에 의자를 바싹 끌어다 놓고 앉아서 입으로 외었다.

"당신이 일본제국에 귀순한다면 천황께서 당신을 공작 벼슬을 주신다고 합니다. 당신이 만약 공작 벼슬을 하게 되면 나도 당신 자식도 모두 대일본제국의 귀한 백성이 되지 않겠습니까? 부디 잘 생각해서 이번 기회를 놓치지 마시기를 간곡히 바라나이다."

김원홍이란 악당이 옆에 서 있다가 속히 편지 쓰기를 재촉했다. 임재덕 놈은 이어서 모진 공갈과 협박을 퍼부었는데 들끓는 성화가 이글거리는 화염과 같았다.

"내가 시킨 대로 글을 써 보내면 네 가족을 살려주겠지만 끝내 협조하지 않는다면 너희 모자를 어육(魚肉)으로 반죽음을 만들겠노라."

한마디 말도 하지 않고 악당 놈을 노려보던 아내가 창백한 얼굴로 마침내 작심한 듯 입을 열었다.

"계집이나 사나이나 영웅호걸이나 실낱 같은 목숨 하나 없어지면 오직 그뿐이다. 여자의 얄팍한 편지글 하나로 어찌 영웅호걸을 움직일 수 있다고 여기느냐? 그분이 과연 곧이들을 것 같은가? 이 멍청이들아, 너희 놈들은 더 이상 나하고 말하면서 시간을 허비하지 말거라. 그냥 네 놈들 뜻대로 알아서 하면 될 것이 아니냐? 나는 죽어도 아니 쓸 것이다."

이 웅변 같은 한마디를 퍼붓고는 다시 굳게 입을 닫았

다. 과연 의병대장의 아내다운 씩씩하고 늠름한 기상이라 아니 할 수 없다. 이 말을 듣고 두 악당 놈들은 더 이상 어떤 권고도 먹히지 않는다는 것을 알게 되었다.

악귀 김원홍 놈은 불을 켤 때 쓰는 기름에 적신 솜을 갖고 와서 아내의 발가락 사이사이에다 낱낱이 끼워 넣었다. 그리고는 거기에 불을 붙였다. 살이 바지직바지직 타들어가고 아내는 어금니를 깨문 채 비명을 질렀다. 이마에서는 피땀이 줄줄 흘러내렸다. 심지가 다 타서 발가락으로 불이 옮겨붙을 때 아내는 기절해서 초주검이 되고 말았다. 미리 준비해놓은 항아리의 물을 아내에게 그대로 쏟아부으니 실신했던 정신이 겨우 흐릿하게 돌아왔다. 하지만 아내는 끝까지 굴복하는 기색을 보이지 않았다. 하지만 이렇게도 모진 고문을 날마다 받으니 어떻게 가녀린 목숨을 부지하리오. 나는 산중에서 의병을 한다고 아내가 그런 고초를 당한 끝에 세상을 하직한 사연도 모르고 있었다.

놈들은 다른 방법을 찾아내었다. 마치 내 아내가 쓴 자필 편지처럼 조작한 문서를 놈들 휘하의 보조원에게 주어서 용문동 더뎅이의 산채로 보내왔다. 내가 읽어보니 기가 막힌 내용이었다. 아내가 쓴 것이 아니라는 걸 금방 알아챌 수 있었다. 나는 즉시 명령을 내려 편지를 갖고 온 놈을 밖으로 끌고 가 즉결 처형하라고 일렀다. 편지를 전하러 갔던 놈이 돌아오지 않으니까 두 악당 놈은 계속해서 여덟 차례나 편지를 지참한 사람을 올려보냈다. 이틀 동안 여덟 차례나 올려보냈는데 올라온 놈들은 그대로 잡아서 곧바로 처형시켜버렸다. 참으로 못나고 어리석은 놈들이 아닐 수 없다.

자기네 방법이 전혀 통하지 않는다는 사실을 알게 된 두 악당 놈은 능구사 마을 주민 전체를 공터에 모아놓고 일장연설을 쏟아놓았다. 그 자리에 나오지 않은 주민들은 모두 잡아서 별도의 형벌을 주었다. 이 형벌이 두려워서 주민들은 한 사람도 빠지지 않고 모조리 동원되었다. 어린아이들까지 모두 끌려나왔다. 김원홍 놈이 먼저 섬돌 위에 올라가 입을 열었다.

"에~ 또~ 능구사 주민 여러분! 여러분이 지금 편하게 살지 못하는 것은 모두 악당 홍범도 때문입니다. 그놈이 있는 산중으로 편지를 보내어 천황 폐하께서 용서를 하고 은혜를 베푸시겠다는 말씀을 전달해도 놈은 여전히 말을 듣지 않습니다. 홍범도를 없애야 합니다. 그 산도적은 여러분의 원수입니다!"

마지막 대목인 '홍범도는 여러분의 원수입니다'를 큰 소리로 복창하게 했지만 주민들은 고개를 돌린 채 건성으로 소리를 내었을 뿐이다. 몇몇 친일파 주민이 외쳤다.

"자~ 박수~ 박수~ 옳소. 홍범도는 우리의 원수입니다.~"

모여선 능구리 주민들은 거짓박수를 보내면서 서로 마주보며 싱긋 웃었다.

양순에게 총을 쏘다

독이 오를 대로 오른 두 악당 놈은 옥중의 양순이를 취조실로 끌어내었다. 놈들은 이리 치고 저리 박고 모진 고문을 해대다가 문득 부드러운 얼굴로 작전을 바꾸었다. 그러고는 양순에게 고문의 고통을 위로라도 하는 척하면서 미리 써놓았던 편지 하나를 주었다.

"이 편지는 산중의 네 아비에게 보내는 것이다. 네 어미가 친필로 쓴 것이니 가서 그대로 전해라."

풀려난 양순이는 아무런 영문도 모른 채 그 편지가 정말 어머니의 편지인 줄만 알고 소중히 품에 지니고서 산채로 올라왔다. 악당 놈들은 어떤 방법도 제대로 들어 먹히지 않으니 양순이에게 거짓 편지를 지참시켜 올려보내는 악랄한 방법을 쓴 것이다. 이는 놈들의 아홉 번째 계략이었다.

"너도 이번에 올라가면 다시 내려오지 않을 줄 알지만 네 아비가 이 편지를 받으면 몹시 반가워할 거야. 엄마의 편지를 들고 왔다며 네 아비가 반색할 것이다."

내가 그때 지휘부 대장소에 앉아서 생각에 잠겨 있는데 부관이 와서 보고를 했다. 양순이가 감옥에서 석방되어 올라왔음을 나에게 알려주었다. 그 부관의 등 뒤로 양순이가 이미 따라와서 대기하고 있었다.

"너 어쩐 일이냐? 네 손에 든 것은 무엇이냐?"

"지금 네가 제정신이냐?"

"왜적의 소굴에서 시간을 보내고 나더니 너도 그 악당 놈들과 한패가 되었구나."

"아닙니다. 아버지. 어머니가 아버지께 보내는 친필 편지를 제가 들고 왔습니다."

"그래 네 어머니는 직접 만나 보았더냐?"

"이 편지는 누가 너에게 주더냐?"

내가 너무도 흥분해서 노기를 띠고 고함을 치니 부관이

옆에서 쩔쩔맸다.

나는 이런저런 현황을 제대로 읽어낼 줄 모르는 양순의 바보 같은 고지식함과 답답함에 분노와 울화가 한꺼번에 치밀었다. 나는 나도 모르게 옆구리에 찬 권총을 빼어들고 소리쳤다.

"이 못난 놈아! 네가 지금까지는 내 자식이었지만 이젠 아니다. 네가 왜놈 감옥에 얼마 동안 갇혀 있으면서 그놈들로부터 어떤 우대를 받았기에 완전한 왜적이 되어서 돌아왔느냐? 네가 아주 왜놈 탈을 쓰고 의병대로 왔구나."

"그렇게도 분별하지 못한단 말이냐? 이 맹추 같은 놈아."

"오냐! 알았다. 왜적 놈과 한통속이 되어버린 네놈부터 먼저 죽여야겠다!"

너무도 흥분한 나머지 나는 양순이의 얼굴을 향해 바로 권총을 들었다. 방아쇠를 당기던 손가락이 바르르 떨렸다.

"타앙~~!"

불과 몇 걸음 앞이었다. 양순 놈은 내 앞에서 모로 픽 쓰러졌다. 총탄이 빗나간 것인가. 양순이가 죽지는 않은 듯하다. 깜짝 놀란 부관이 양순이를 품으로 감싸 안고 피가 철철 흐르는 귀 언저리를 수건으로 눌렀다.

"대장님, 어찌 이러십니까?"

"정신 좀 차리십시오."

나는 내가 무슨 일을 저질렀는지도 모르고 갑자기 현기증이 나서 그 자리에 주저앉아버렸다. 내 가슴속의 심장은 갈기갈기 찢어지는 것만 같았다. 온통 분노의 방망이질로 북소리처럼 쿵쿵 울렸다. 어찌 이런 불운이 자꾸만 찾아온단 말인가. 슬프도다. 기가 막히는구나.

나중에 부관이 올라와서 보고를 했다. 내가 쏜 총탄이 다행히도 빗나가서 양순이의 한쪽 귓밥이 날아갔다고 했다. 양순이는 자기가 저지른 잘못을 반성하면서 줄곧 통곡하고 있다고 했다. 죽음을 면한 것이 불행 중 다행이었다. '하늘이여, 제발 이런 일이 없도록 보살펴 주소서.' 나는 주먹으로 가슴을 쾅쾅 치며 나에게 다가온 불행을 탄식했다.

저녁 무렵에 양순이가 누워있는 막사를 찾아갔더니 실

신한 듯 깊은 잠에 빠져 있었다. 나는 잠든 양순이를 물끄러미 바라보다가 조용히 나왔다. 부관은 걱정스러운 얼굴로 줄곧 내 뒤를 따라다녔다. 내가 혹시라도 정신이 산만해서 또다시 양순이를 해치게 될 것이 두려웠던가 보다.

응징

그해 3월 초이튿날이었다. 임재덕과 김원홍 두 악당
놈은 왜적 190명과 각처에서 긁어모은 한국인 보조원 200
명 등 모두 390명을 이끌고 더덕장 거리에 있는 김치강의
집에 와서 주둔하고 있었다. 그리곤 그곳 주민들에게 알
렸다.

"홍범도, 이 산적 놈아! 지금부터 내가 하는 말을 잘 들
거라. 싸우려면 즉시 싸우고 귀순을 원하면 곧장 귀순하
기 바란다. 만약 귀순을 원한다면 지금부터 3시간 후에 바
로 귀순 서약서를 쓰도록 해라. 이 요청을 거부한다면 우
리 기관총으로 너의 산적 패거리들을 씨도 남기지 않고
깡그리 파멸시킬 것이다."

악당 놈들의 통첩은 엄하기가 서릿발과 같았다. 하지만 나는 놈들의 속내를 이미 꿰뚫고 있었다. 이번이야말로 악당 놈들을 처단할 수 있는 절호의 기회라고 생각했다. 나는 우리 의병대에서 힘 좋고 총 잘 쏘는 대원 700명을 뽑아서 작전명령을 내려 보냈다. 그 방법은 거짓 귀순으로 놈들의 요구에 응하는 것이었다. 김치강(金致羌) 집에서 최대한 가까운 더덕장 거리 요충지에 대원들을 감쪽같이 매복시켜 놓았다. 그런 다음 나는 놈들의 참모부로 보내는 편지를 써서 전령을 통해 전달했다.

"순순히 귀순할 터이니 우리를 받아주시오."

이 편지를 받은 두 악당 놈들은 얼굴에 희색이 가득했다. 드디어 홍범도 놈을 잡아들이는구나. 그때가 왔다. 나는 미리 수염을 깎고 이름도 김동철(金東鐵)로 바꾸었다. 또한, 일반 하급 대원의 허름한 옷으로 바꿔 입었다.

악당 놈들이 감격에 차 있을 때 나는 혼자 당당히 걸어서 놈들이 진을 치고 있는 흙다리 쪽으로 걸어갔다. 왜적들이 길을 막아서며 나를 체포하려 할 때 나는 홍범도의 귀순 때문에 당신네 대장을 만나러 왔다고 말했다. 적병은 나를 장거리 쪽의 김치강 매제 집으로 인도했다. 그곳엔 임재덕, 김원홍 두 악당 놈이 휘장을 드리우고 지휘부를 차려서 앉아 있었다. 두 악당 놈 앞에 선 순간 피가 거꾸로 돌며 가슴 저 밑바닥에서 이글이글 분노가 끓어올랐다. 내 아내를 고문하고 고통에 빠뜨린 저 악당 놈들, 당장 쳐 죽여도 분이 풀리지 않을 저 악귀 놈들…. 나는 표정을 바꾸고 최대한 하급 대원의 말투로 공손하게 말했다.

"지금부터 한 시간 안에 홍범도가 이곳으로 걸어와 귀순하게 될 것이니 여러분께서는 정중히 예의를 갖춰 우리 대장님 영접을 잘해주시기 바랍니다."

놈들은 이 말을 듣고 가소롭다는 듯이 빈정거리는 얼굴로 씩 웃었다.

"너희 소원이 정 그렇다면 그리 해주마. 하지만 한번 내뱉은 약속은 남자로서 반드시 지켜야 한다고 전해라."

놈들은 나를 눈앞에 세워놓고도 전혀 알아채지 못하고 있었다. 이것이 얼마나 통쾌한지 아무도 몰랐다. 나는 갔던 길을 되돌아 나와 흙다리 중간에까지 이르렀다. 거기까지 왜놈 헌병이 나를 대동했다. 그 순간 재빨리 몸을 날려 다리 밑으로 숨었다.

이미 우리 의병대원들은 장거리 요소요소에 잠복해서 파수를 보고 있었다. 내가 다리 밑으로 뛰어들자마자 흙 다리목과 더덕장 거리에서 총소리가 콩 볶듯 나기 시작했다. 200명 선발대가 공격을 개시한 것이다. 사방천지에서 모진 광풍에 총소리가 나고 불길이 치솟는다. 왜적들도 깜짝 놀라 여기에 마주 총질해댄다. 장거리 부근에서 세찬 교전이 벌어졌다.

악당들의 지휘부가 있는 방향으로 조금씩 접근해가다가 고응렬 대원이 총에 맞아 죽었다. 조인각은 크게 다쳤다. 눈먼 총탄에 맞아서 마을 어린아이 하나가 쓰러졌다. 의병대의 기습적인 공격으로 승리는 짧은 시간에 판가름 났다. 적들은 모조리 무기를 버리고 두 손을 높이 치켜든 채 항복했다. 대원들이 신속하게 격전의 장소를 정돈한 뒤 놈들의 지휘부로 나를 안내했다. 조금 전까지만 해도 두 악당 놈들이 작전을 지시하던 그 의자에 내가 앉았다.

잠시 후 두 악당 놈이 결박을 당한 채 내 앞으로 끌려와 무릎을 꿇었다. 그 뒤로는 역시 두 손을 뒤로 포박당

한 적병 209명이 고개를 숙인 채 끌려왔다. 큰 소리로 내
가 말했다.

"너희 두 놈들은 내 말을 들어라!"

"고개를 들어 나를 보라!"

"네 놈들이 그렇게도 만나고 싶던 홍범도가 여기 왔노
라."

두 악당 놈은 고개를 들고 앞을 보았다. 기절초풍할 노
릇이었다. 조금 전에 자신들이 앉았던 그 지휘소를 다녀
간 의병대의 사령이 아니던가. 나에게 감쪽같이 속은 것
이 너무도 분했던지 두 놈은 입술과 두 뺨을 실룩거리더
니 기어이 분한 듯 눈물을 평평 쏟는다. 엉엉 소리까지 내
면서 운다.

"김원홍, 내 이놈! 너는 수년 동안 이 나라의 진위대 참
령으로 있으면서 국록을 수만 원씩 받아쳐먹었다. 그런
데 나라의 운수가 불우해서 망하게 되었으면 그냥 조용
히 시골로 내려가 감자 농사나 짓고 살아가는 것이 백성
의 참 도리가 아니겠느냐?"

"그런데 네놈들은 악질적인 정미 칠조약(丁未七條約)

을 마치 신주처럼 떠받들고 그날부터 왜놈을 상전으로 받들며 이 나라 백성의 몹쓸 역적이 되고 말았다."

"너 같은 놈은 죽을 때에도 몹시 고통스럽게 죽어야 할 것이다."

"악당 임재덕이란 놈도 앞의 김원홍이와 전혀 다를 바 없느니라."

"그리고 저 뒤에 있는 헌병보조원 창귀(倀鬼) 놈들아, 말 듣거라!"

창귀란 범의 아가리 앞에서 먹잇감을 찾아준다는 악귀를 가리키는 말이다.

"너희는 무슨 일로 탈이 나서 저런 더러운 역적 놈을 도우며 동포를 해치고자 하느냐?"

"왜적 놈이야 남의 강토를 제 것으로 빼앗은 강도였으니 그렇다 치자. 하지만 너희 놈들은 대한 백성으로 태어나 어찌 그리 겨레를 배신하는 반역자가 되었단 말인가? 너를 세상에 보낸 어미, 아비가 불쌍하고 가련하구나. 네 놈들은 세상에서 반드시 사라져야 할 종자들이니 이참에 그 씨를 아예 말려버려야겠다."

얼굴이 백짓장처럼 하얗게 변한 두 악당 놈은 온몸을 와들와들 떨었다. 날랜 대원 넷이 다가와서 제각기 한 놈씩 양쪽 겨드랑이를 끼고 끌어내었다. 다리에 힘이 빠진 두 놈은 그대로 질질 끌려 나갔다. 오줌이라도 쌌는지 앉았던 흙바닥이 흥건히 젖어 있었다. 대원들은 두 개의 말뚝을 더덕장 뒤의 공터에다 박아놓고 처형 준비를 끝낸 상태였다. 두 놈을 서로 마주 보도록 말뚝에 묶어세웠다. 내가 드디어 최후 명령을 내렸다.

"저 두 놈에게 석유로 기름목욕을 시켜라!"

"그리곤 불을 달아라!"

세상을 시끄럽게 하고 갖은 악행으로 남의 가슴에 고통만 심어주던 무서운 악당 놈은 그렇게 이승에서 사라졌다. 생포된 매국 반역자 놈들도 모조리 그 옆의 밭고랑에서 총으로 처형했다. 참으로 총탄조차 아까운 놈들이었다.

매국노 처단

3월 18일 전투도 아직 내 기억에 생생하다.

그곳은 능구패택이었다. 이틀 전에 행군을 시작하여 이 지역으로 다가가고 있는데 척후병에게 연락이 왔다. '한 떼의 왜병들이 머물고 있으니 주의해서 진입할 것'이란 첩보였다. 정면을 피하고 좌우 양측에서 조심조심 접근해 갔는데 왜적과 맞닥뜨렸다. 곧바로 접전이 펼쳐졌는데 모두 제압하기까지 오랜 시간이 걸리지 않았다. 그날은 왜적 9명을 죽였다. 쉬지 않고 곧장 약수동 쪽으로 행군해서 가다가 중로에서 하루 숙영했다.

그 이튿날 장진의 능골로 전진해 가는데 마을로 들어가는 입구 중간에 길이 좁은 늘구목이란 곳이 있었다. 양쪽은 높은 바위절벽이라 앞뒤 통로뿐이었다. 거기 어딘가에 어설프게 대기하고 있던 왜병과 접전을 벌였다. 놈들 중에는 홍범도 의병대의 공격에 겁을 먹고 달아나는 탈주자들도 생겼다고 한다. 우리의 기습적인 유격전을 몹시 두려워한다는 소문을 들었다. 대원들의 사기는 펄펄 끓어올랐다. 그날 전투에서 왜적들은 85구의 시체를 버리고 달아났다.

그 닷새 뒤인 23일에는 동사 지역의 금광 쪽으로 행군해갔다. 금광의 이름은 달아치. 산세가 험준하고 골짜기가 깊어서 어디에 무엇이 숨었는지 빨리 확인할 길이 없다. 척후병을 보내어 좌우 골짜기와 왜적들 숨을 만한 곳을 미리 수색했다. 그때 금광 오른쪽 후미진 골짜기인 두텁바우골 쪽에서 총소리가 들렸다. 그곳으로 다가가는 입구의 길가에는 마치 두꺼비처럼 생긴 바위가 있어서 생긴 이름이다.

그 언저리에 왜병들이 숨어 있다가 전투가 벌어졌다. 얼마 후 놈들이 뒷산을 넘어 달아났는데 죽어 넘어진 시체를 확인해보니 모두 16구였다. 성과도 크지 않았는데 우리는 의병대원 다섯을 잃었다. 그토록 조심하고 주변을 잘 살피라 일렀건만 작전에서 은폐와 엄폐를 제대로 하지 못했기에 그런 일이 발생했다.

우리 의병대는 한 곳에서 여러 날 머물지 못했다. 어떤 일이 있더라도 머무는 장소를 수시로 바꾸어야 했다. 그래야만 찰거머리같이 따라붙는 왜적들의 염탐을 뿌리칠 수가 있기 때문이었다. 다음 행선지를 찾느라 지도를 보는데 우리 첩보원이 마을 주민으로부터 수집한 귀중한 정보 하나를 보고했다.

거기서 멀지 않은 함흥에는 초리장 유채골이란 동네가 있는데 그곳의 고덕규(高德圭)란 놈이 일찍부터 동학당에 가담해서 빡빡 깎은 머리로 집집마다 다니며 돈과 양식을 강탈했기에 민심이 뒤숭숭했다. 돈을 내지 못하면 들고 다니는 채찍으로 마구 후려치며 주민의 어린 딸이 보이면 강제로 끌고 가서 온갖 욕을 보인다고 했다. 빨리 유채골로 가서 박가 놈을 제거해야만 했다.

유채골 부근 산중에서 밤이 깊어지기를 기다려 나는 혼자 박가 놈의 집을 찾아갔다. 그놈은 인근 마을의 친일 반역자 지주 놈들 7명을 불러서 진수성찬으로 음식상을 차렸다. 박가 놈은 친일 반역자 지주 놈들과 기름진 음식을 먹고 술잔을 기울이며 어떻게 하면 일본을 위해 더욱 분골쇄신하는 충성의 방법이 있을지 의논하고 있었다. 방안에 둘러앉은 반역의 무리는 문을 부수며 나타난 나를 보고 너무도 기절초풍한 얼굴로 뒤로 벌렁 넘어졌다.

"넌~ 넌 누구냐? 대체 웬 놈이냐?"

"왜들 그렇게 놀라시오? 여러분들이 평소 주민들에게 평소 못할 짓을 많이 했나 봅니다."

"남의 눈에 그토록 피눈물을 흘리게 해서는 안 되지요."

"소생은 개마고원 밀림에 거주하는 홍범도라 하옵니다."

방안의 여덟 놈들은 홍범도란 말만 듣고도 완전 사색이 되어 코를 방바닥에 박고 엎드려 두 손을 싹싹 비비었다.

"제발 살려만 줍시오. 원하는 것은 모두 바치겠나이다."

"당연히 여러분의 자금이 급히 필요하답니다. 홍범도 의병대의 운영비가 많이 부족한 실정이오니 여러분께서는 알아서 성의껏 이 탁자 위에 내놓으시지요."

고덕규의 집 사랑채에는 12폭 병풍을 두르고, 앞에 화려하게 자개를 박은 통영 교자상이 하나 있었는데 반역자 놈들은 그 주위에 둘러앉아 있었다. 먼저 고덕규 놈이 금고를 열어서 지폐 다발을 한아름 안고 와 탁자 위에 수북이 올려놓았다. 이를 지켜보던 놈들은 그 기세에 압도되어 품속에 감춰둔 돈다발을 너도나도 앞다투어 올려놓았다. 하나같이 일본 왕의 낯짝이 인쇄된 일본 화폐였다. 그걸 지녀야만 거드름을 피우고 세력을 과시하던 시절이었다.

　나는 그 돈을 모두 쓸어 자루에 그득히 담았다. 모두 28,900원이나 되었다. 이 돈으로 탄환을 구입하면 안성맞춤이겠다는 생각이 들었다. 그곳을 돌아 나오면서 고개를 돌리고 내가 한마디 던졌다.

　"여러분께서는 오늘 우리 홍범도 의병대를 위해 귀한 군자금을 스스로 바친 것입니다. 내가 이 사실을 왜놈 헌병대에 절대 발설하지 않을 테니 다음 군자금을 걷으러 올 때까지 미리 넉넉하게 준비해주시기 바랍니다."

　놈들은 돈을 빼앗기고도 목숨을 잃지 않은 것을 천행으

로 여겼을 것이다. 이렇게 미리 염탐해둔 악질 지주 놈들의 명단을 다수 확보해서 한 놈씩 찾아다니는 일이 통쾌했다. 그렇게라도 해야만 직성이 풀렸다.

3월 28일에는 함흥으로 갔다. 그곳 동교촌 신성리에서 면장을 지낸 친일파 박 아무개란 놈이 그렇게도 주민들에게 행패가 심하다고 했다. 그 반역자 놈의 집에 왈칵 달려들어 일본 돈 6,000원을 거두었다. 그날 용무를 마치고 조용히 돌아 나오는데 박가 놈의 맏아들이 나타났다. 그놈의 신분은 함흥에 주둔하는 일본군의 장교였다. 조선 사람으로 소대장 계급에까지 오른 특별한 경우였다. 이놈이 제 아비 집에 의병대가 나타나 현금을 탈취했다는 소식을 듣고 황급히 왜병 300명과 보조원 50명을 이끌고 달려온 것이다.

바깥에서 나를 호위하고 있던 의병대 척후가 본대를 불러와서 격렬한 전투가 벌어진 적도 있다. 당시 우리 의병대의 인원은 6백 명에 가까웠다. 의병대 인원을 나누어서 하루를 묵으러 집집마다 들어갔는데 모두 집결해 왜적들과 접전을 벌였던 것이다. 왜병의 무리는 우리 의병대의 빈틈없는 포위에 완전히 갇혀 그야말로 독 안의 쥐와 다름없는 가련한 꼴이 되고 말았다. 전투는 날이 밝을 때까지 이어졌다. 밤새도록 총소리가 들렸다. 이윽고 날이 밝을 무렵 놈들은 남은 병사를 수습해서 달아나는데 거의 4분의 1만 남아서 도망쳤다. 나는 놈들의 뒤를 더는 추격하지 않도록 대원들에게 일렀다.

아침이 밝은 후에 격전의 현장을 더듬어보니 박 면장 놈의 가족들은 하나도 살아남지 못했다. 모조리 이 방 저 방으로 흩어져 차디찬 주검으로 널브러져 있었다. 민족을 배반하고 동포를 괴롭힌 대가를 고스란히 받은 것이라고 할 수밖에 없었다.

펄펄 나는 홍범도

    그날 밤에도 다른 지역으로 이동해서 행군하다가 왜병들을 만나 접전했다. 날이 샐 때까지 싸웠다. 이틀 연속으로 격전을 치르게 되니 우선 대원들의 피로가 이만저만이 아니었다. 신속하게 안전지대로 옮겨서 우리 병사들을 충분히 쉬도록 해야만 했다. 그래서 옮겨간 곳이 함흥에서 그리 멀지 않은 홍원이었다.

    홍원의 북쪽은 북청, 서쪽은 함흥, 남쪽으로는 동해와 이어져 있다. 홍원의 높은 산봉우리로는 팔봉, 영기봉, 거두봉이 있는데 모두 1,000미터가 훨씬 넘는 우뚝한 봉우리들이다. 묵방산 자락을 거쳐 우리 대원들은 거두봉 쪽으로 올라갔다. 그곳에는 지산당이라는 산신각이 있어서 들어가 쉬기에도 좋았다. 꼭대기에서 아래쪽을 내려다보니 홍원평야 일대가 한눈에 보였다. 먼발치에서 바라보니 '저리도 평화로운 우리 강토인데 지금은 왜적들의 군홧발에 거칠게 유린당하고 있으니 이를 어찌해야 하는가.' 하는 생각이 들었다.

이젠 잠시 모든 걸 내려놓고 오로지 휴식만 하는 시간이다. 밀린 잠도 충분히 자고, 전투하느라 지친 심신을 보충해야만 한다. 거기서 대원들이 쉬는 동안 나는 날랜 대원 두 사람만 데리고 홍원읍으로 내려갔다. 박원성(朴源成)이란 악질 지주 놈을 찾아간 것이었다. 이놈은 홍원 헌병대, 경찰서 따위를 뻔질나게 드나들며 왜적들에게 뇌물을 바치고 자신의 기득권을 강화해 온 흉악한 자였다. 홍원 땅에는 박원성 놈에 대한 원성이 드높았다. 놈의 집은 멀리서도 거의 궁궐처럼 높고 우람하게 보였다. 아흔아홉 칸짜리 대저택을 지어서 살고 있었다.

집의 규모가 너무 크니까 밤중에도 불안이 느껴져서 평소 친하게 내통하던 일본군 사령부 장교 놈에게 부탁해서 왜병을 대문간에다 파수병으로 세워두었다. 파수병의 월

급을 박원성 놈이 지급하는 것은 물론이었다. 드나드는 사람은 모두 이 왜병으로부터 검문검색을 받았다. 나는 그놈 집 부근의 숲속으로 들어가 미리 준비했던 도포를 갈아입고 의관을 갖추었다. 박원성 놈의 집 대문간으로 다가가니 아니나 다를까 왜병 보초 놈이 총대로 앞을 가로막는다. 옆에 통역하던 하인 놈이 있다가 누구인지 무슨 용무로 왔는지 꼬치꼬치 캐묻는다.

나는 뒷짐을 지고 서서 짐짓 거드름을 피우며 말했다.

"에~ 나로 말할 것 같으면 이 댁 어른의 어릴 적 친구인 차승화라고 하오."

"함흥 썩은다리에 사는데 내 이름만 말씀드려도 반색할 것이외다."

"오늘 어쩐 일로 오셨는지?"

"아주 중요한 사업 상담을 하러 왔다고 알려주시오."

그런데도 통역 놈은 줄곧 기찰이 심했다. 그래서 짐짓 언성을 높여 말했다.

"내가 이대로 이 댁 주인을 못 만나고 돌아가면 자네가 그 책임을 어찌 질 것인가."

이어서 발길을 돌리는데 놀란 그놈은 내 소매를 잡으며 안방 쪽으로 이끌었다.

내가 '에헴~' 헛기침을 하며 방문을 당당히 열고 들어서니 이미 먼저 와 있던 내방객이 있었다. 주인 박원성 놈을 중심으로 함흥 본관 좌수 이경택(李景澤) 놈과 홍원 군수로 있던 홍기표(洪基杓)란 놈 등 셋이 숯불 화로를 끼고 둘러앉아 무슨 이야기인지 나직한 목소리로 밀담을 주고받던 중이었다. 그러던 중 갑자기 체구가 커다란 내가 거칠게 방문을 열고 나타나자 먼저 박원성 놈이 크게 놀란 기색으로 말을 더듬거렸다.

"너는~ 너는~ 웬 놈이냐?"

그 말끝에 내가 도포자락 앞의 갈라진 틈으로 권총을 살며시 내밀며 말했다.

"소생은 개마고원 밀림 속에서 나무 밑을 큰집 삼고 지내는 홍범도라고 합니다."

이때 놈들의 혼비백산한 표정을 나는 지금도 잊지 못한다. 반역자 놈들은 약한 백성에게 사나운 얼굴을 하고 강한 자에게 너무도 비굴한 모습을 보이는 흉측한 족속들이다. 내 말 한마디에 악당 놈들은 완전히 창백한 얼굴이 되어 무릎으로 방바닥을 이리저리 설설 기었다.

"내가 이곳에 들어온 것을 너희가 모르겠느냐. 시간이 없으니 내 뜻을 헤아려 신속히 조처하라!"

그러면서 나는 한마디를 덧붙였다.

"만약 내 일을 그르치게 된다면 이 방에서 주검이 몇이나 될지 나도 모르겠소."

눈치가 빠른 박원성 놈은 옆방의 제 여편네를 불러서 금고 속의 현금을 모조리 꺼내오게 했다. 이경택, 홍기표 놈은 얼음구멍에 빠진 황소 눈알처럼 놀란 얼굴로 말을 잃고 와들와들 떨었다. 탁자 위의 지폐를 대충 헤아려보니 일본 화폐 30,000원이 넘었다. 허리의 전대를 풀어서 그 돈을 모두 쓸어 담았다.

나는 박원성 놈을 일으켜 앞장세우고 그 뒤를 천천히 걸어 나왔다. 손가락으로 반역자의 등 뒤를 쿡쿡 찌르며 허튼짓을 하지 않도록 미리 경고했다. 마을 밖을 완전히 빠져나왔을 즈음 나는 박원성 놈에게 작별 인사를 고했다.

"부디 안녕히 지내시고 곧 또 만나 뵈옵기를 청하나이다."

그 길로 빠른 걸음을 재촉해서 산중으로 돌아왔다. 대원들은 깊은 잠에 빠져서 내가 돌아온 줄도 모르고 코를 골았다.

우리 홍범도 의병대는 4월 초파일 밤에 다시 행군 대열을 정돈하고 산길을 진군해갔다. 오늘의 목표지점은 여애리의 병풍바위 밑 넓은 공터다. 명태골에서 출발한 행군이 목적지에 도착한 시간은 오후 세 시경이다. 이곳에서 나는 전체 의병대를 반듯하게 줄지어 서게 한 뒤 인원을 점검하고 병대를 다시 편성했다. 우리 의병대의 전체 숫자는 1,864명이나 되었다. 이 많은 병대를 제대로 관리하려면 편제를 새로 정비해야만 했다.

숫자가 적었던 중대장을 11명으로 늘렸고 개별 소대장은 33명으로 정비했다. 한결 긴밀하고 힘찬 대오가 꾸려졌다. 편제만 바꾸어도 새로운 힘이 넘쳐흘렀다. 잠시 쉬면서 자투리 시간에 여흥도 즐겼다. 판소리를 잘하는 대원이 앞에 나와 소리도 한 자락 뽑고 민요 창을 잘하는 대원, 입담 좋은 대원들도 자청해서 나와 즐거운 시간이 산중에서 펼쳐졌다. 고단한 격전의 나날 속에 이런 시간은 얼마나 고귀한가. 나는 새로 개편한 의병대의 각 중대장에게 제각기 새로운 작전 임무를 부여했다.

제1중대장 원창복은 장진 청산령을 지키시오. 아침저녁으로 장진에 주둔하는 왜병들이 삼수로 넘나드는 놈들을 처단해야 합니다. 길목을 꽉 잡고 있다가 불시에 먼저 기습하고 신속히 현장에서 몸을 피하시오, 대원들의 군량도 철저히 준비하시오.

제2중대장 최학선은 매덕령을 지키시오. 갑리로 드나드는 왜병들은 당신들 몫이오. 다른 것은 제1중대와 같이 하시오,

제3중대장 박용락은 안장령을 지키시오. 함흥과 장진으로 넘나드는 왜병들을 담당하시오, 다른 것은 앞 중대와 같이 하시오,

제4중대장 조병영은 조개령을 지키시오. 삼담과 단천으로 넘나드는 왜병들을 철저히 맡으시오, 다른 것은 앞 중대와 같이 하시오,

제5중대장 유기운은 새일령을 지키시오. 통피장골과 북청을 넘나드는 왜병들은 모두 5중대의 몫이라는 사실을 명심하오, 다른 것은 앞 중대와 같이 하시오,

제6중대장 최창봉은 후치령을 지키시오, 다른 것은 앞 중대와 같이 하시오,

제7중대장 송상봉은 특히 부걸령을 철통같이 지키시오, 그대는 내 명령으로 특별히 7중대장을 시키노라. 남시령 쪽은 모두 그대 몫임을 잊지 말라. 길주, 갑산, 현리 쪽으로 드나드는 왜병 놈들에게 먼저 기습공격을 하여 성과를 거두어야 한다. 이 임무는 그대가 가장 적임자라서 각별히 이를 부탁하노라.

제8중대장 박진철은 압록강을 지키시오, 특히 삼수, 신파의 뗏목이 강물로 내려가는 것을 놓치지 말고 쏘아 넘기시오.

제9중대장 조명길은 통팔령을 지키시오. 홍원 북청으로 드나드는 왜병 놈은 모조리 그대 몫이오. 내가 이르는 대로만 잘 실행하면 우리는 반드시 성공할 수 있소.

그 나머지 대원들은 4중대로 편성해서 내가 직접 이끌

고 다닐 것이오. 오로지 내 명령만 따라야 하오.

왜병들과 접전하게 되면 무기와 탄약을 남김없이 잘 거두어 우리가 쓸 것이오.

이 점을 특히 명심하기 바라오. 우리가 스스로 일구지 아니하고는 숱한 군사를 유지할 수가 없다는 사실을 모두가 알아야만 하오. 나는 사방으로 뛰어다니며 오로지 우리 의병대의 굳건한 유지와 발전을 위해 혼신의 힘을 다할 것이오.

그 무렵 함경도 일대의 북관 주민들은 나를 일컬어 '날개 달린 홍범도'라 했다. 또 어떤 이는 '펄펄 나는 홍범도'라고도 불렀다. 대부분 내가 특별한 축지법(縮地法)을 써서 산봉우리를 단숨에 건너뛰는 신비한 능력을 가진 신인(神人)으로 여겼다. 하지만 나는 보통 사람일 뿐이다.

개마고원

내가 의병대를 인솔하고 주로 누빈 곳은 한반도의 지붕이라 불리는 개마고원이다.

이곳은 아주 오랜 옛날 백두산 화산이 폭발할 때 생긴 고원지대다. 장강, 중강, 낭림, 삼수, 갑산, 혜산, 풍서, 신흥, 장진, 영광, 부전, 허천, 무산, 연사, 길주, 어랑, 경성 등지가 모두 이 개마고원 일대의 지명들이다. 높은 고개들로는 풍산의 금패령, 장진의 황초령, 신흥의 부전령, 풍산의 후치령이 먼저 떠오른다. 이 고개들의 해발은 대부분 1,500m를 넘는다.

고원 중턱으로 오르면 낙엽송, 전나무, 이깔나무, 가문비나무, 잣나무 등의 군락지가 빽빽해서 흡사 밀림을 지

나는 것 같다. 하지만 나와 우리 대원들은 밤중에 눈을 감고도 개마고원 구석구석 길을 찾아서 갈 수가 있다. 우리 산포수계에서 늘 고라니, 불곰, 반달곰, 늑대, 여우 따위의 산짐승을 포획하러 분주히 다니던 길목이기 때문이다. 표범도 종종 눈에 띈다. 동쪽은 높고 서쪽은 낮은 편이다. 평균 해발 고도가 1,500m는 넘으니까 한겨울에 이곳은 영하 20도가 손쉽게 내려간다. 몹시 추운 정월 무렵에는 영하 40도까지도 내려간 적이 있다. 한여름에도 여기서 숙영하면 추워서 몸을 오그릴 때가 많다.

  4월 27일 우리 의병대는 통패장골 쇠전거리에서 격전을 벌였다. 그날은 왜적 지휘관 여덟 놈과 졸개 열셋을 잡아서 처형했다. 놈들의 보급품인 쌀 서른 말과 닭 60마리를 노획했다. 바로 그날 밤에 사동으로 이동해가다가 하남 안장혈 부근에서 또 전투를 했다. 그 혈전에서 왜적 400여 명을 쏘아 죽였다. 워낙 큰 무리라 처음엔 우리가 승전했으나 점차 밀려서 상남산의 깊은 산골짜기로 퇴각하여 숯 굽는 가마 옆의 숯쟁이 헛간 속으로 몰래 숨어들었다. 기찰과 수색이 심해 거기서 꼼짝도 하지 않은 채 이틀을 굶으면서 머물렀다.

하늘에선 굵은 빗줄기까지 주룩주룩 쏟아졌다. 그렇게 사나흘이 지나니 비는 견딜 수 있으나 허기는 도저히 극복할 수 없었다. 내리는 빗줄기 속에 행군해서 갑산의 간평 쪽으로 내려와 가난한 화전민 집에 들어가 귀리밥을 얻어먹었다. 여러 날 굶다가 갑자기 곡기를 집어놓으니 모두 현기증이 나서 비틀거렸다. 그렇게 정신을 수습해서 산길을 가다가 길주 쪽에서 넘어오던 왜적 80명과 맞닥뜨려서 적병 셋을 죽였다. 하지만 우리 의병대원들은 8명이나 전사했다. 내 가슴이 찢어지는 듯했다.

5월 초이틀이 되었다. 날씨도 좋아지고 산중에서 한둔해도 견딜만한 계절이 되었다. 나는 우리 의병대를 이끌고 신록이 파랗게 덮여오는 구름물령을 넘어서 행군하고 있었다. 그때 저 맞은편 숲속에서 왜적 32명이 오는 것을 척후병이 먼저 발견하고 급보를 보내왔다. 우리 본대는 전략적으로 중요한 목을 차지하고 숨어 있었다. 놈들이 사정권에 들어왔을 때 사격 명령을 내리자 산중에는 총소리가 콩을 볶는 듯했다. 놈들이 있던 곳은 삽시에 조용해졌다. 확인해보니 모조리 다 죽어서 이리저리 엎어져 있었다. 그 주변을 돌며 소총 30정, 군도 2자루, 탄환 300발, 권총 4자루를 거두었다.

거기서 다시 갑산 쪽으로 행군해갔다. 천지평 부근에서 다시 왜적과 접전해서 90명을 즉살시켰다. 하지만 이날 전투에서 의병 11명이 전사했다. 하나를 얻으려면 그만큼 잃는 것도 뒤따르는 법인가 보다. 거의 매일 전투가 벌어졌다. 4일에는 높은 산의 고개인 괴통병을 내려가다가 말 탄 왜적 기마병 15명을 만났다.

멀리서 미리 관측하고 숨어서 기다리다가 먼저 쏘아서 말 위의 15명을 일시에 거꾸러뜨렸다. 말들이 놀라 이리저리 날뛰다가 여러 마리가 숲속으로 달아났다. 그중에서 다섯 필을 잡아 고삐를 끌고 약수동 쪽으로 넘어갔다. 그곳으로 계속 다섯 고개를 넘어가면 여해산이란 큰 산이 있고, 그 언저리에는 거의 사방이 험준한 벼랑으로 둘러싸인 병풍바위가 있다. 그곳은 천연요새라 할 수 있는 장소다. 바로 거기서 나는 군회(軍會)를 열었다.

이 군회란, 여러 날 전투에 지친 병사들을 일단 쉬게 하면서 기름진 음식도 먹여 사기를 진작시키는 모임을 말한다. 모든 의병대원의 떨어진 체력을 보충하고 채우는 충전 시간이다. 그때 나는 의병대에 오기 전에 도축(屠畜) 일에 종사하던 대원을 불러서 말 두 마리를 잡았다. 말고기는 본래 우리 겨레가 즐겨 먹던 음식이 아니지만 격렬한 전투 중에서 영양을 보충할 수 있는 재료이기에 이보다 더 귀한 것이 어디 있겠는가. 대원들은 반색과 환호를 하면서 갈비를 뜯고 고기를 씹었다. 뜨끈한 국물도 모처럼 훌훌 마시도록 했다. 대원들의 얼굴엔 오랜만에 화색이 돌았다.

식사를 마친 다음 정식으로 회의를 열었다. 총기가 손상된 대원, 몸을 다친 대원, 그리고 전사한 대원들을 낱낱이 헤아려 장부에 적고 각자의 여건이나 형편에 합당하도록 돈을 분배했다. 전사자의 가족에게는 사령을 보내어 배당금을 전달하도록 했다. 모두 적절하게 나눈 다음 11만6천8백 원이었다. 이 돈도 중요하지만 무엇보다도 중요한 것은 더욱 많은 군자금을 모아서 무기와 탄약을 넉넉하게 확보하는 일이었다. 그 준비만 된다면 러시아로 사람을 보내어 수배를 할 수 있었다.

이윽고 6월 9일이 되었다. 나는 의병대원 중에서 날쌔고 힘이 좋은 선발대를 이끌고 동사의 달아치 금광을 습격했다. 채굴한 금을 노획해서 무기와 탄약을 구입하는 데 써야 했기 때문이다. 그 금광에는 일본군 6명이 초소를 열고 출입자를 통제하였는데 놈들이 방심하고 있을 자정 넘은 시간에 기습해서 모두 한꺼번에 죽였다. 광부들이 머물고 있는 본채로 들어가 그곳을 관리하는 별장 놈도 잡아서 죽였다. 그놈은 광부들에게 원성이 자자한 친일 앞잡이였다.

별장 놈을 죽이기 전에 채굴한 금을 감추어둔 비밀 장소를 알아내어 알금 1,994개를 확보했다. 대부분 덩어리가 작았지만 그중에는 제법 큰 알금도 있었다. 이날 수확이 컸다. 이 금은 무기와 탄약을 구입하는 데 큰 도움이 되는 기반이 된다.

다음으로 이동해가려는 곳은 수동골 방향이었다. 우리 의병대는 먼저 행창에 도착해서 밤을 보냈다. 언제 왜병들이 기습해올지 모르니 주위를 철저히 경계해야만 했다. 이튿날 길을 떠나 함흥 천보산의 영흥사로 들어가 나흘을 머물렀다. 그곳에서 노희태(盧熙泰) 의병대와 만나 연합부대를 결성했다. 노희태 장군은 함경도 안변, 덕원, 연풍 등지에서 활동하던 의병장이다. 그 부대원의 숫자는 540명이나 되었다. 우리 의병대와 연합부대를 꾸리니 1,000명이 넘는 대부대가 되었다. 그렇게 길을 떠나 정평 한대골 어구에서 왜병들과 맞닥뜨려 큰 접전이 벌어졌다. 그날 왜적 190명을 죽였지만 의병 넷을 잃었다. 다친 대원도 적지 않았다.

그리곤 다시 부대를 나누어서 각자의 길을 떠났는데 우리 의병대는 정평 쪽으로 행군해갔다.

내 아들 양순이 죽었다

그곳 바배기 언덕에서 돌연 왜적들과의 접전이 벌어졌다. 놈들은 우리의 이동 경로를 미리 염탐해서 은밀하게 잠복하고 있었다. 돌연한 공격에 우리는 황급히 응전자세를 취한 후 여기저기 낮은 언덕이나 구덩이로 뛰어들었고, 치열한 전투가 시작되었다. 우리가 있던 장소가 언덕 아래쪽이어서 몹시 불리한 형국이었다. 차츰 의병대의 기세가 밀리기 시작했고, 대원들도 피로한 기색이 뚜렷했다.

당시 왜적 군대는 500명 규모였는데 이날 싸움에서 우리 의병대는 최초의 처절한 패배를 겪었다. 아까운 대원을 107명이나 잃었다. 이틀 동안이나 계속된 전투가 끝나고 왜적들도 현장을 떠난 뒤 우리는 죽은 대원들의 시신을 수습하러 다녔다. 그런데 한 대원이 저쪽 숲속에서 크게 울부짖는 소리가 들렸다.

"여기 우리 홍양순 중대장이 쓰러져 있습니다."

모두가 황급히 달려가 보니 숲속 언덕의 굵은 주목나무 아래에 양순이 쓰러져 있다. 가슴에서 흘러나온 피가 주변의 흙을 적시고 있다. 일찍이 아비를 따라서 의병대에 들어와 열심히 총검술을 연마하더니 마침내 중대장으로 승진했던 양순이 아니던가. 나는 헐레벌떡 달려가서 두 손으로 양순의 상체를 떠받들어 내 가슴에 안았다. 왜적의 탄환이 양순의 심장을 뚫고 지나간 것이었다. '내 아내를 죽인 왜적은 아직도 무엇이 부족해서 내 아들까지 기어이 내 품에서 빼앗아 가는가.' 나는 저절로 어금니를 뿌드득 갈았다.

"이 원수의 왜적 놈들, 반드시 네놈들의 끝을 보고야 말리라."

축 늘어진 양순을 껴안고 있는 나의 눈에서는 피눈물이 흘러내렸다. 주변의 부관들이 흐느껴 울며 나를 부축해 일으켰다. '아비를 잘못 만나서 네가 이렇게도 허무하게 죽었구나. 하지만 네 죽음을 결코 헛되지 않게 하리라.'

나는 그날 저녁 격전지에서 산채로 돌아와 일기에 적었다.

'5월 18일 12시에 내 아들 양순이 죽었다.'

그날 죽은 대원들은 중대장 양순을 포함해서 여섯이나 되었고 중상자도 여럿이었다. 의병대 전체는 침통한 분위기로 종내 무거웠다. 내 아들 양순과 거차 의병 5명이 죽었고 8명이 중상을 입었다. 그때 양순은 한 중대를 온통 책임지는 중대장을 맡아서 참으로 혼신의 힘을 쏟아부었다. 소속 대원들에게 인기도 높았다. 장차 아버지의 뒤를 이어 의병장으로 오를 아까운 재목이 먼저 세상을 떠났다.

그날로 머물던 산채를 정리해서 거사골 쪽으로 행군했다. 거기서 다시 함흥 명태골로 이동했다가 천보사(天寶寺) 방향으로 본진을 틀어서 옮겼다. 어디건 한 군데 오래 머물 수 없는 법. 함경도 장진 남사로 내려오다가 실령 어구에서 왜적 부대를 만나 접전을 벌였다. 이날 전투에서 우리 의병대는 적개심에 불타서 왜병 16명을 죽였다. 소총 16자루, 탄환이 가득 들어있는 상자 6개를 노획해서 출발했다. 가다가 가만히 생각해보니 노희태 의병대가 탄환 부족으로 힘들어하던 것이 생각나서 천보사 쪽으로 돌아서 갔다. 가서 탄환 2,400발을 나눠주니 그 기쁘고 감격해하던 모습을 어찌 잊을 수 있으랴.

그 길로 홀가분한 마음으로 행군을 떠났다. 18일이 저물어 홍원읍 변두리의 어느 마을로 들어갔는데 그곳 주민들로부터 중요한 정보를 들었다. 홍원에는 백성들의 원성이 깊은 매국노가 둘 있는데 하나는 전진포에 사는 홍원 군수 홍계덕(洪桂德)이었고, 또 하나는 덕산관의 부자인 한영문(韓永文) 놈이었다. 나는 부대를 후미진 숲속에 몰래 감춰두고 혼자서 변복을 한 후 읍내로 들어갔다. 자정이 넘기 전에 두 가지 큰 사업을 해결해야만 한다. 그 두 가지 사업이란 바로 홍계덕과 한영문 두 놈에게 군자금을 받아내는 일이다. 그것보다 더 중요한 일이 어디 있으리오, 그래야만 매국노 놈들이 더는 날뛰지 못하고 백성들 눈치를 살피게 될 것이다.

먼저 밤이 깊기를 기다려 전진포의 홍계덕 놈을 찾아갔다. 일찍부터 솟을대문을 굳게 닫아걸고 있었고 주변은 괴괴하였다. 나는 높다란 담장을 훌쩍 뛰어넘어서 안으로 들어갔다. 어디선가 개 짖는 소리가 들렸다. 홍계덕 놈은 수청 기생을 품에 안고 희희낙락하고 있었다. 기생년이 술잔을 들어 홍계덕 놈의 입에 막 부어주던 그 순간 나는 방문을 덜커덕 열었다. 악당 놈이 보니 온 얼굴에 수염이 덥수룩하게 난 웬 괴한이었다. 나는 들어가자마자 방문을 조용히 닫고 나직하고도 단호한 소리로 말했다.

"나는 왜적을 사냥하고 다니는, 산중의 홍범도라고 하오."

홍계덕 놈은 얼굴이 완전히 사색이 되어 온몸을 벌벌 떨었고, 그놈의 품에 안겼던 기생은 술잔을 매국노 놈의 옷자락에 그대로 주르르 쏟은 채 눈을 감고 사지를 송충이처럼 오그렸다. 홍가 놈은 방바닥에 엎드려 이마를 쾅쾅 찧으면서 이렇게 말했다.

"원하시는 것이 무엇인지 말씀만 해주시지요."

내 대답은 이러했다.

"꼭 내가 말하지 않더라도 잘 아실 텐데요. 나는 지금 군자금이 몹시 필요하답니다."

홍계덕 놈은 냉큼 일어나서 벽장 속의 금고를 들고 와 통째로 방바닥에 쏟았다. 거기에는 일본 지전 3만7천 원이 들어 있었다. 나는 갖고 간 자루에 그 돈을 그대로 쓸어 담았다. 홍계덕 놈은 워낙 지역 백성들의 고혈을 쥐어짜 내어 큰 원성을 듣고 있었다.

'에익 개떡 같은 세상, 저놈의 개떡은 언제 범이 물어 가나.'

이렇게 날이면 날마다 탄식하던 그런 원흉이었다. 홍계덕 집을 나와서 그날 밤으로 곧장 덕산관의 매국노 한영문 놈을 찾아갔다. 거기도 이렇다 할 경비가 없이 내가 들어가는 데 거칠 것이 없었다. 역시 악당 놈이 눈치 채기 전에 왈칵 방문을 열고 들어가니 그놈은 금고를 꺼내어 돈을 헤아리고 있었다. 손가락에 침을 발라가며 일일이 지폐를 한 장씩 헤아리고 있었다. 매국노에게 내가 통고했다.

"너는 함흥의 좌수라는 중요한 자리를 지키는 놈이니

까 돈도 많으리라. 마침 네가 금고를 열어 그 돈을 헤아리고 있은 즉 나를 기다려 군자금을 넘겨주려는 뜻인 줄 알겠노라."

악당 놈은 쩔쩔 매면서 무릎을 꿇고 싹싹 빌기에 바빴다.

"가진 돈을 모두 꺼내어 바치지 않으면 네 가족은 모두 살아남기 어려우리라."

"내게 필요한 돈은 30만 원이다."

매국노 한영문 놈은 금고에 있던 돈과 또 다른 벽장에 감춰두었던 돈을 모조리 꺼내어 공손하게 바치며 제발 목숨만 살려달라고 비굴하게 빌었다.

"제가 가진 것이 우선 3만 원뿐인데 나머지 27만 원은 며칠 안에 전달하겠습니다."

"그대의 약속을 내 그대로 믿고 가노라."

"수일 안에 의병대에서 찾아올 터이니 성심껏 준비해 두기 바란다."

"오늘 있었던 일을 만약 일본 측에 알리는 날이면 너와 너희 가족이 살아남지 못할 것이다."

나는 의병대로 돌아와 오늘 있었던 일을 들려주고 한영문이 우선 군자금 3만 원을 기꺼이 내었는데 잔금은 언제까지 바칠 것이란 내용의 글을 써서 마을 공터에 방문(榜文)으로 붙이도록 했다. 마을에서는 온통 난리법석이었다. 일본 헌병대가 즉시 한영문 놈을 체포해서 잡아갔다는 소문이 들렸다. 내가 손대지 않고도 처단하게 되어 통쾌하기 그지없는 일이었다. 그 방법은 매국노를 응징하기에 가장 좋은 계책이었다.

고국 땅과 작별하다

　다시 나는 의병대를 수습해서 함경남도 장진군 여래산(如來山)으로 행군해갔다.

　먼저 도착한 다른 지역 의병대가 무기와 탄약을 구입하는 건으로 의논을 하고 있었는데 어떤 결론도 내지 못하고 설왕설래를 하고 있었다. 내가 들어서자 회의는 다시 활기를 띠고 이어졌다. 일본 화폐 2만 원은 군자금으로 준비되어 있었는데 막상 이 돈을 갖고 무기를 구입하기 위해 러시아로 파견할 적임자를 뽑지 못했다. 전체 대원들의 신상명세서를 앞에 놓고 후보자를 심사한 결과 마침내 북청 출신의 조화여와 김충렬 두 대원이 최종적으로 선발되었다. 평소 그 대원들의 활동 실적이나 용감성, 불굴의 투지가 점수를 딴 것이다.

우리 의병대에서는 그 두 대원을 러시아의 얀치혜로 파견하기로 결정했다. 얀치혜는 우리 동포가 많이 사는 곳으로 연추(煙秋)라 불렸는데 크라스키노에서 북쪽으로 10리 떨어진 지점에 있다. 이곳에 대한제국 정부로부터 간도관리사로 임명된 이범윤(李範允, 1856~1940)이 1천 명 규모의 사포대(私砲隊)를 거느리고 주둔했다. 그는 처음에는 만주 동포들의 권익을 옹호하기 위해 노력해서 공도 많이 세웠으나 여러 상황이 불리해진 이후에는 대한제국 정부의 소환명령에 불응하고 러시아로 망명해서 연해주 한인사회의 유지가 되었다.

최재형(崔在衡, 1860~1920)과 의기투합해서 연해주 지역의 의병대를 조직하고 독립운동에 뜻을 두었다. 하지만 세력이 점차 커지면서 권력자의 면모를 드러내기 시작했다. 그 무렵 연해주에서는 마적 공격을 대비해서 민간인이 총기를 소유할 수가 있었는데 이범윤은 이 시기에 러시아제 5연발총과 14연발총을 싼값에 구입해서 확보하고 있었다. 그리고 이러한 무기와 탄약을 국내의 의병대에서 구입하러 오면 고가에 거래하기도 했다.

나는 이범윤에게 우리 의병대의 특사를 보내어 무기와 탄약을 구입하려고 했던 것이다. 김충렬(金忠烈), 조화여(趙化如) 두 사람은 많은 돈을 품에 지니고 연추로 떠나갔다. 내가 편지까지 써서 그에게 지참해 보내었는데 오랜 시간이 지나도록 두 사람에게서는 아무런 연락이 없었다. 나중에 사람을 보내어 확인해보니 이범윤 측에서는 이 두 특사의 돈을 빼앗아 가로채고 일본 정탐꾼으로 몰아서 감옥에 가두었다고 한다.

어찌어찌 그 전후 사정을 의병대로 알려왔기에 나는 대원 김수현(金秀賢)을 선발하여 노잣돈을 주어 황급히 연해주로 떠나보내었다. 그 두 사람을 구출시키고 해결 방안을 찾아내라는 임무를 주었다. 그런데 세상일이란 알다가도 모를 일이다. 김수현이란 놈이 어떻게 머리꼭지가 돌았던지 이범윤 일당에게 매수되어서 모든 비밀을 누설하고 놈들과 한통속이 되고 말았다는 허탈한 소식이 들려왔다.

그 무렵 우리 의병대는 무기와 탄약이 바닥났기에 지

나가는 왜적을 뻔히 보면서도 전투를 할 수 없어 놈들이 그냥 지나가기만 기다릴 뿐이었다. 당시 의병대의 꼴은 마치 매를 만난 꿩이 풀숲으로 숨어들듯이 찍소리도 내지 못하고 꼬리를 내린 형국이었다. 게다가 군량마저 떨어지니 탈주자가 하나둘 생기기 시작했다. 매일 자고 나면 한두 명이 탈영했다는 보고를 받았다. 의병대의 사기는 말이 아니었다. 그렇게 죽을 고생을 하던 끝에 마침내 두만강을 건너 만주 땅 길림의 무송현 탕해(湯海)로 넘어왔다.

그해 10월 9일, 압록강을 건너가려 할 때 함경북도 신파의 기름구피를 지나다가 왜적 군대와 맞닥뜨렸는데 겨우 목숨을 건져 그날 밤 아슬아슬하게 강을 건넜다. 나는 강을 건너면서 나도 모르게 눈물방울이 뚝뚝 떨어졌다. 이것이 내가 고국 땅과 작별한 사연이다.

강아 강아 압록강아.
너희 수궁이 수천 리 장강인데
내가 무사히 건너왔다 올 테니 부디 잘 있거라.

너를 다시 볼 날이 있으리라.

고난

지금도 그때 생각을 하면 가슴이 찢어진다. 중로에서 하루를 묵고 서간도의 길림 쪽 통화(通和) 방향으로 약 1,300리 떨어진 곳까지 왔다. 수중에는 돈 한 푼도 없는 거지꼴이었다. 이토록 산도 설고 물도 설기 짝이 없는 생면부지의 땅에 와서 딱한 처지로 웅크리고 있는데 그곳에서 중국말 통역을 하는 길성익(吉聖翼)이란 사람을 만나 큰 도움을 받았다. 일찍이 그의 조상이 만주로 건너왔는데 왜적에게 국권을 빼앗긴 한국의 처량한 신세를 안타깝게 여겼다. 우리 의병대 40명이 천신만고 끝에 압록강을 건너왔다고 하니 상당한 돈을 들여 우리 모두를 이틀 동안이나 밥 먹이고 잠도 재워주었다. 대단한 독지가였다.

거기서 더 이상 함께 이동할 여건이 되지 못해 나는 대원 36명을 다시 온 길로 돌려보내었다. 그리고는 김창옥, 권 감찰, 나의 열두 살짜리 막내아들 용환(龍煥)이를 데리고 4명이 악전고투로 이동해서 러시아 땅으로 건너왔다. 수중에는 완전 무일푼이니 거지 중에도 상거지 행색이었다. 거의 한 달 가까이 걸었는데 길가에서 음식을 구걸하며 난림창을 지나고 우수리, 우라개, 우시허, 아시허 등지를 통과했다. 그렇게 한참 걸어가다 보니 두 가닥 철로가 깔린 기찻길이 나타났다. 굶기를 밥 먹듯 하며 걸어서 이동해가니 추위와 배고픔은 극에 달했다.

러시아 땅의 거사리를 지나다가 너무 배가 고파 '배를'이라는 동네의 어느 집 앞에 다가가서 손가락으로 배를 가리키며 먹을 것을 좀 달라는 시늉을 했다. 그 꼴이 너무도 가련했던지 러시아 아낙네가 집안에 들어가서 커다란 빵 덩어리 하나를 갖고 와서 먹으라고 했다. 우리는 대문 앞에 둘러앉아 허겁지겁 4등분해서 순식간에 다 먹어치웠다. 나는 내 몫을 절반 갈라 용환이에게 더 먹으라고 주었다. 이런 꼴을 여러분은 상상이라도 한번 해보시기 바란다.

그렇게 다시 기운을 내어 먹다가 굶다가 하면서 엿새를 걸어 어느 기찻길을 새로 만나게 되었다. 거기서 조선말을 하는 동포를 반갑게 만나 길을 물었다.

"일만포(一萬浦) 가는 길이 얼마나 남았나요?"

그 동포는 하는 말이 이랬다.

"아직 한참 멀답니다. 이대로 길 따라 걸어가면 70리, 기찻길을 따라서 가면 150리는 충분히 될 걸요."

그러면서 우리더러 그냥 길을 따라 질러가는 것이 좋을 거라고 말했다. 그래서 기운을 잃고 터벅터벅 걸어오는데 어느 산 고갯길에서 돌연히 나타난 마적 떼에게 붙잡혀 끌려갔다.

그런데 막상 가보니 그 마적단의 두목은 반일 사상을 가진 사람으로 나와 우리 일행을 따뜻이 맞이해주며 고기와 음식을 푸짐하게 대접해주었다. 내 이름을 들어서 잘 알고 있다는 말을 했다. 노잣돈도 얼마간 얻어서 길을 나섰다. 세상에 그냥 죽으란 법은 없나 보다. 머리를 조아리며 여러 번 절을 한 후 한 뒤 길을 나섰다.

12월 6일, 꽤나 높은 산길인 홍더허재를 넘어와 한 러시아 마을의 허름한 여인숙에서 엿새를 머물렀다. 왜냐하면 가슴이 좋지 않은 용환이가 너무 무리를 했는지 기침을 쿨룩거리더니 피를 많이 토했다. 어쩔 도리가 없이 거기서 몸도 씻고 용환이가 진정되기를 기다리며 산만한 정신도 가다듬었다. 용환이 때문에 더 이상 걸어서 길을 떠나지 못했다. 거기서 기차를 타고 소왕령(蘇王嶺, 우스리스크)까지 갔다. 거기서 또 6일 동안 머문 다음 해삼위(海蔘威, 블라디보스토크)까지 왔다. 해삼위에서는 보름 동안 머물렀다.

폐결핵 때문에 늘 피를 토하던, 창백한 용환이 모습을 생각하면 가슴이 찢어진다. 연해주의 내가 잘 아는 어느 한약방 주인에게 맡기고 우리는 작별했다. 헤어질 때 용환이는 온 얼굴이 눈물범벅이 될 정도로 펑펑 울었다. "부디 굳세게 잘 견뎌야 한다." 아비가 해줄 수 있는 말은 그뿐이었다. 그게 이승에서 용환이와의 마지막이었다. 이 가련한 막내 놈이 어미를 왜적에게 잃고 아비마저도 보지 못한 채 낯선 땅의 바람찬 곳에서 고독하게 지내다가 죽었다는 소식을 인편에 들었다. 기가 막힐 노릇이다. 모든 것이 부모를 잘못 만난 탓이다.

반역자들

드디어 해가 바뀌어 1908년이 되었다. 나는 더 이상 견딜 도리가 없어서 연추(煙秋, 얀치혜)로 관리사 이범윤을 찾아가서 만났다. 그가 나를 맞이하는 태도에서 이미 적대감이 느껴졌다. 무언가를 감추면서 내가 묻는 말에 건성으로 대답했다. 내가 따져서 물었다.

"내 부하 김충열과 조화여가 관리사 어른을 만나러 왔을 텐데 혹시 어떻게 대하셨던가요?"

이범윤은 내 물음에 대해 가타부타 응답을 하지 않았다.

"혹시 그들을 일본 밀정으로 보셨던가요?"

자꾸 재촉해서 물었더니 그는 이런 응답으로 자꾸만 회

피하려 했다.

"나는 그들에 대해 아무것도 모르오."

이 말은 사실 관계에 대한 응답의 의도가 없다는 구체적 표시다. 내가 다시 물었다.

"그러면 그 둘을 왜 감옥에 가두셨습니까?"

내가 두 번 세 번 반복해서 따져 묻자 이범윤은 양미간을 불쾌한 듯 찡그리며 대답했다.

"비쌔기(여권)가 없어서 체포해 가두었소."

이 말은 내가 보낸 두 밀사가 여권을 지니지 않았다는 이유로 가두었다며 공연히 발뺌하고 시치미 떼는 발언이었다. 내가 그날 이범윤과 주고받은 대화가 연해주 일대에 소문이 나기 시작했다. 연추의 우리 동포들이 모두 입을 모아 이렇게 비난했다.

"이범윤이는 늙은 곰 새끼야, 그놈부터 먼저 죽여야 해."

그 후에 처음엔 서로 연합했던 최재형, 이범윤 두 사람 사이에 없던 갈등이 생겼다. 그 부하들도 서로 반목하고 싸우기 시작했다. 나는 대립과 반목을 일삼는 연해주 동포사회의 독립운동 양상과 그 현실이 너무도 개탄스러워서 좌절과 실망에 빠졌다. 그리고는 1909년, 추풍과 허커우를 거쳐 다시 함경도로 돌아오려고 했다. 이때 소왕령에 거주하는 최원세(崔元世)란 사람이 찾아와 내가 돌아가는 것을 극구 말렸다.

"제가 주선해서 무기 탄약을 구해 보낼 터이오니 걱정하지 마시라."라고 한다.

그래서 어쩔 수 없이 그의 만류를 받아들여 잠시 기다려 보기로 했다. 최원세는 연해주 동포사회의 신망을 얻은 능력자였다. 그가 각처를 다니며 백방으로 역설하고 노력해서 수천 원의 거금을 마련했다. 아직도 뜻있는 독지가의 군자금 모연이 성과를 얻을 수 있는 여건에 감탄했다. 그 최원세가 허커우로 와서 무기·탄약 구입을 위한 특별조직을 만들었다. 여기에 박기만(朴基萬)과 김제현(金濟鉉)을 총무로, 김왕륜(金旺倫)을 재무 담당자로 임명했다.

나는 빠른 시기에 무기와 탄약을 구해서 함경도로 돌아가야 한다고 최원세에게 누누이 일렀다. 그 시기를 1910년 3월 초순까지로 일러주었다. 그런데 조물의 시기였던

가. 총무를 맡았던 박기만이란 놈이 무기·탄약 기금 중에서 1,800원을 사사로이 탕진해버렸다. 이 사실이 들통나서 최원세가 그 돈을 속히 갚으라고 일렀지만 끝내 말을 듣지 않았다. 들리는 말에 의하면 박기만이란 놈의 배후에는 관리사 이범윤이 버티고 있다는 소문이다. 나는 화가 불같이 들끓어 올랐다. 당장 찾아가 악당 놈을 죽이고 싶은 마음이 불끈 들었지만 겨우 억누르고 재피거우의 어느 식당에 음식을 차려놓고 모든 간부를 초청했다. 아무도 내 속내를 알아채지 못했다.

약속한 시간이 되자 악당 박기만 놈을 비롯해서 김왕륜(金旺倫), 김재형(金載亨) 등 여러 간부가 영문도 모른 채 하나둘 모이기 시작한다. 그날이 1910년 3월 11일이었다. 회의가 시작되자 박기만 놈이 먼저 보고를 시작했다.

"그간 1만2천 원의 군자금을 확보했었는데 그 돈으로 먼저 소총 30자루를 구입하는 데 4,980원을 지출했습니다. 그리고 군대 무장 30종류의 구입비로 2,180원을 썼습니다. 탄환은 3,800개를 구했는데 1,100원을 주었습니다. 그 나머지 돈에서 의병들 비쌔기(여권) 300장을 발급받는 데 800원이 들었습니다. 그리고 잔액 2,940원은 내가 급히 필요한 데가 있어서 우선 한 달을 작정하고 통용해 썼습니다."

이렇게 앞뒤가 맞지 않는 혼란스러운 보고를 해댔다. 내 급한 성격은 도저히 그 순간을 참고 보아낼 수가 없었다. '이제 우리 의병대의 일은 아주 망조가 단단히 들었구나' 이런 생각을 하게 되니 가슴속에서 뜨거운 불꽃이 활활 끓어올랐다. 회의고 무엇이고 간에 이 반역적 종자들을 모조리 때려죽여야겠다며 주먹을 쥐고 박기만 놈에게 달려들었다.

그놈을 주먹으로 닥치는 대로 턱이며 아랫배를 몇 차례 힘껏 쥐어박았더니 실신한 채 방바닥에 그대로 쭉 뻗어버렸다. 음식이 차려진 탁자는 물과 술병이 이리저리 튀고 난장판이 되었다. 회의는 그것으로 자연히 폐회되고 말았다. 놈들은 주검처럼 축 늘어진 박기만 놈을 부축해서 질질 끌고 나갔다.

그 며칠 후에 추풍사의 원호 놈들이 나를 체포하려고 갑자기 공격해왔다. 알고 보니 그놈들 패거리는 모두 이

범윤이 조직한 사병 조직에 소속된 병졸들이었다. 그놈
들은 다지안재의 안준현(安俊賢), 육성촌의 최순경(崔淳
慶), 허커우의 김가 놈과 박가 놈 등 다수였다. 뿐만 아니
라 러시아 군대에 군수품을 납품해서 큰돈을 모았던 문창
범이 이범윤과 작당하여 자신이 부리는 사병 250여 명과
함께 쳐들어왔다. 참으로 기가 막힐 노릇이었다.

내가 재피거우의 박문길(朴文吉) 집에 머물고 있을 때
기습적으로 달려들어 나를 포승줄로 꽁꽁 묶었다. 나는
놈들에게 붙들려 꼼짝달싹하지 못한 채 이범윤의 일파
인 유 사장 놈의 집 창고에 갇혔다. 놈들은 수시로 들어
와 내 등을 채찍으로 후려치고 구둣발로 걷어차면서 없
는 죄를 고백하라고 닦달했다. 놈들은 나를 다루는 보고
서를 써서 블라디보스토크에 가 있는 이범윤에게 수시로
보내었다.

"이 홍범도 놈을 당장 죽이고 싶지만 관리사 어른의 명
령이 필요합니다."

하지만 간사한 이범윤은 놈들의 이 보고서를 읽고서도
바로 응답하지 않았다. 만약 수락하게 된다면 그 뒷감당

이 두려웠기 때문이다. 나는 그로부터 무려 열나흘 동안 놈들의 사설 감옥에 갇혀 죽지 않을 만큼 매를 맞고 고문을 받았다. 그 얼마 뒤에 소왕령 러시아 군대의 사단장이 이 사실을 알고 코사크 병정 여덟 명을 동원해서 왕거우 쪽에서 일제히 총을 쏘며 공격해왔다. 나를 가두었던 놈들은 달아나지 못하고 러시아 병정들에게 모두 체포되었다.

러시아 병정들의 지휘관은 나의 결박을 먼저 풀어주고 감옥 주변에 머뭇거리던 흉적들을 모두 체포해서 끌고 갔다. 그들이 아니었으면 내가 어찌 되었을지 지금 생각해봐도 아찔하다. 요행히 목숨을 부지하여 나를 기다리던 대원들의 곁으로 돌아올 수 있었다. 대원들은 내가 행방불명된 후 그 어디에도 물어보지 못하고 한곳에 모여서 걱정만 하고 있던 터였다.

그러한 때에 내가 초췌한 모습으로 나타나니 모두 환호하였다. 그리고 악당들을 찾아가 복수할 것을 다짐했다. 나는 그 분노를 어떻게든 잠재우고 대원들과 함께 그래도 남아 있던 얼마간의 자금으로 무기와 탄약을 구입해

서 머나먼 길을 재촉해 두만강을 다시 넘었다. 함경도 무
산 쪽 길로 조심조심 더듬어 오는데 산중에서 왜적들 한
패거리를 만났다.

나는 비겁한 대장

그렇게 예전처럼 다시 교전이 벌어졌는데 오랫동안 싸워보지 못한 대원들이라 적도들을 제압하지 못하고 도리어 쫓겨 다니다가 계곡의 구렁텅이에서 17명이 전사했다. 갖고 다니던 무기와 탄약은 제대로 쓰지도 못하고 줄곧 산간으로 달아났다. 산골의 길을 잘못 들어 한참 가다가 보니 천 길 낭떠러지 절벽을 만나기도 했다. 그곳을 빠져서 허겁지겁 달아나는데도 아슬아슬한 위기를 겪었다. 그렇게 도망치다가 보니 무려 이틀 동안 한 끼도 먹지 못하고 대원 전체가 모두 굶어죽게 되었다.

이처럼 절박한 시기에 갑산에 주둔하는 일본군 42명이 북사령 고개를 넘어오는 것을 멀리서 포착했다. 이제 '죽으면 죽고 살면 산다'는 마지막 각오로 이를 악물고 먼저 전술적으로 공격하기에 이로운 요충지를 차지했다. 놈들이 가까운 곳으로 접근해 왔을 때 소수인 우리 의병대는 무기와 탄약을 각자에게 배분한 뒤 왜병들을 모조리 격살했다. 왜적들은 14명을 생포해서 모두 즉결처분으로 죽였다. 우리 의병대에서는 두 명이 전사했다.

이날 전투가 끝난 뒤에 우리가 거둔 것들을 점검해보니 소총 40자루, 권총 4정, 나팔 2개, 폭발탄 14발, 탄환 7,000발이었다. 그런데 가장 흡족스러운 것은 적도들의 군량이었다. 쌀가마니가 세 개나 나와서 모두 탄성을 질렀다. 모처럼 산중에서 밥을 지어 둘러앉아 배불리 먹었다.

그로부터 우리 의병대는 더욱 깊은 산중으로 들어가 안전하게 숨을 수 있는 산채(山寨)를 엮어놓고 거기 나흘을 쉬었다. 지친 심신을 푹 쉬게 하는 것도 다음 전투를 대비하는 하나의 전략이었다. 그동안 놈들에게서 빼앗은 무쇠로 만든 왜솥에다 밥을 끓여 먹으면서 그야말로 제대로 휴식했다. 그리고는 남은 쌀을 모두 똑같이 분배해서 배낭 속에 넣었다.

이제 다시 행군을 시작했다. 모두 힘차게 산길을 걸었다. 함경북도 무산의 왜가림 쪽으로 접근해서 미리 염탐해둔 왜적들의 병참소를 공격했다. 낮은 포복으로 최대한 가까이 기어가서 폭발탄을 던진 직후 2진이 집중 사격으로 기습 공격을 퍼부었다. 막사 건물에서 나오는 놈들은 모조리 사살했다. 맨 마지막에는 병영 내부를 조심스럽게 수색해서 숨어 있는 적병을 모조리 처단했다.

빈 병영에는 불을 붙이고 빠른 걸음으로 이동했다. 등 뒤를 보니 왜적의 병영 막사가 불길에 활활 타오르고 있었다. 우리는 밤길 행군으로 백두산 자락에 설치된, 우리만 알고 있는 산포수들의 헛간을 향해 전진했다. 워낙 밤길에 익숙한 산포수들이어서 산중에만 오면 동물적 후각과 범과 같은 놀라운 야간 시력을 자랑했다. 다음 날 우리는 다시 출발해서 장백 쪽으로 발걸음을 옮겼다. 그러다가 무언가 이상한 낌새가 포착되어 종성 쪽으로 진로를 바꾸었다.

종성 부근 20리 지점에서 드디어 한 떼의 적병들과 맞닥뜨리게 되었다. 전투의 승패가 바로 판가름 나질 않고 밀고 밀리는 일진일퇴의 공방전이 진종일 계속되었다. 그러다가 한순간 우리가 아주 불리한 골짜기로 밀리면서 퇴로를 차단당했다. 놈들은 우리를 포위하고 독 안에 든 쥐처럼 압박해왔다. 우리 대원들은 당황한 나머지 무리하게 빠져나가려고 틈을 엿보다가 왜적들에게 거의 대부분 생포되어서 끌려갔다.

나 혼자서 겨우 위기에서 벗어나 도롱봉 낭떠러지로 뛰어내려 포위망을 벗어났다. 모든 부하 대원들을 다 잃어버리고 홀로 남아 도피하는 그 심정을 무엇으로 필설하리오. 기가 막히고 숨도 제대로 쉴 수가 없다. 나는 비겁한 대장이다. 어찌 부하들을 버려두고 나 혼자 달아나는 도망자가 되었단 말인가. 하늘을 똑바로 쳐다보기도 부끄럽다.

군자금을 모으다

두만강을 넘어서 안도현으로 접어들었고 거기서 내 두산을 휘돌아 길림으로 당도했다. 길림에서는 자동차로 바꿔 타고 떠나온 러시아 땅으로 다시 되돌아갔다. 나에겐 무엇보다도 군자금을 새로 모으는 것이 중요했다. 돈이 있어야 무기와 탄약을 구입할 수 있고, 돈이 있어야 의병대원들을 다시 모을 수가 있었다. 나는 이를 악물고 블라디보스토크로 와서 막노동판에 들어가 커우대(부대자루)를 메기 시작했다. 부하들을 버렸던 죄를 용서받는 심정으로 악으로써 버티며 노동의 고통을 견뎠다.

이렇게 두어 달 땀 흘려 일하다가 이번에는 딴둔이라는 금광의 광부로 들어가 막장에서 2년 동안 피땀 흘려 일했다. 이렇게 벌어 모은 돈이 1,400원이나 되었다. 그것을 소중히 지니고 나와서 추풍(秋風, 수이푼) 당어재 골짜기로 숨어들어갔다. 거기서 밭을 일구어 약담배(아편)을 심었다. 당시는 약담배 거래에 대한 감시가 비교적 느슨하던 시절이었고, 약담배 농사를 단속하는 일은 더더욱 소극적인 편이었다. 나는 어떻게든 돈을 모아야만 했다. 오로지 저축에만 혈안이 되었다. 나중에는 미깔래 지역의 어리방이께로 가서 한 해 동안 머슴살이로 일하며 새경을 받았다.

그것도 성에 차지 않아서 구리를 캐는 광산에서도 일했고, 중국인 미곡상점에서 쌀자루를 지고 나르는 노동도 했다. 러시아 그릇 판매점이나 토속음식점에서 배달부로 돌아다니며 닥치는 대로 돈을 벌었다. 두 해가 지나니 이렇게 번 돈이 3,050원 정도 되었다. 나는 마음이 바빠져서 그 돈을 갖고 항카호수 부근의 이만(달레네레첸스크)로 나와 그곳 무기 판매상을 비밀리에 접촉했다. 그들에게 5연발 소총 한 자루에다 탄환 100발씩 얹어서 개당 9원씩 흥정해서 소총 338자루와 탄환 33,800발을 구입했다.

무기 판매상들 중에는 중국인도 있었고, 러시아인도 있었다. 썩 드물게 동포 무기상도 있었다. 그들 중에는 내 목적을 알고 아주 호의적으로 도우려는 사람도 있었다. 구입한 무기와 탄약을 아주 안전한 비밀장소에 감추어두고 러시아의 동포마을을 다니며 의병을 모집했다. 그러다가 내가 구입한 무기의 일부를 갖고서 봉밀산의 김성무(金成武) 농장으로 가서 지팡살이로 농사를 지었다. 지팡살이는 조선의 소작인 생활과 비슷한 것이다. 그런 세월 속에서 조선으로 나갈 기회를 제대로 얻지 못한 채 시간은 자꾸만 흘러갔다.

드디어 1915년 7월에는 산중에 들어가 사슴을 잡아서 시장에 내다파는 산포수 일을 시작했다. 그것은 내가 가장 자신 있게 해낼 수 있는 일이었다. 그런 생활이 또 2년 반이나 지났다. 어느 날 정신이 번쩍 들어서 '내가 왜 이렇게 이곳에 머물러 있는가'라고 탄식한 후 예전에 구입한 총기와 탄약을 감춘 곳으로 찾아가 이상이 없는지를 확인했다. 무기와 탄약은 상태에 아무런 이상 없이 잘 보관되어 있었다.

나는 친한 동료를 불러다가 그 무기와 탄약을 그날 밤으로 추풍 당어재 골짜기에 살고 있는 최병준(崔秉俊) 댁의 지하창고로 모두 옮겨놓았다. 최병준은 러시아로 오기 전에 의관 벼슬을 하던 분으로 조국의 독립에 여전히 뜨거운 투지를 지니고 있었다. 나는 그 가까운 마을에서 땅을 얻어 1년 동안 농사를 지었다.

1919년 3월이었다. 식민지가 된 조선 땅에서 독립만세운동이 불길처럼 일어났다는 말을 듣고 나는 불현듯 달려나갔다. 그리고는 내가 감추어둔 무기와 탄약을 꺼내어 마른 천으로 습기를 닦고 총구를 쑤셔서 격발의 어떤 불편도 없도록 정비했다. 그런 활동을 하는 틈틈이 주변 동포마을을 찾아다니며 의병을 열심히 모집하였다.

내 뜨거운 충심에 감복한 마을 청년들 상당수가 의병모집에 적극적으로 동조해서 지원했다. 나는 그들이 군복과 쌍안경을 비롯한 각종 군사 장비를 갖출 수 있도록 백방으로 뛰어다녔다. 유지들을 더욱 분주히 찾아다니며 군자금을 모연하고 무기와 탄약을 구입하는 데도 한층 더 많은 노력을 쏟았다. 이런 노력들이 점점 성과를 거두어

러시아에서 조직한 의병대의 행색은 제법 외형을 갖추게
되었다.

의병이 된 러시아 병정

그해 8월 8일 밤, 내가 러시아에서 힘들게 꾸린 106명의 의병대는 밤에 길을 떠나 앵덕 방향으로 행군해갔다. 전원이 무장을 잘 갖추었다. 어느 한 지점에 이르러 숙영 장비를 설치하고 막 잠자리에 드는데 러시아 유격대 6명이 우리 의병대를 찾아와 긴급한 도움을 청했다. 통역을 내세워 무슨 영문인지를 물었더니 수청 등지에서 백계 러시아 군대와 전투를 펼치다가 패전하면서 9명이 따로 낙오되어 도망쳤다고 한다.

그러던 중 소왕령 여승당 거리의 어느 무너진 폐가에서 종일 굶고 잠이 들었는데 아침에 보니 3명의 행방을 알 수 없었다. 나중에 알고 보니 그 3명은 비겁하게도 백파 군대를 스스로 찾아가 투항했다고 한다. 놈들은 함께 다니던 우리 6명의 전우가 백파들에게 잡힐 수 있도록 앞잡이가 되어서 설치고 다녔다. 세상에 어찌 이런 배신자가 있는가. 그래서 그들은 목숨을 걸고 온힘을 다해 포위망에서 벗어나 도주하던 중에 고려 독립군이 부근에 있다는 소문을 듣고 찾아왔다고 한다. 그들은 나를 향해 무릎을 꿇고 애걸했다.

"우리를 고려 독립군으로 받아주시면 안 되겠습니까?"

그래서 나는 난처한 표정을 지으며 말했다.

"우리는 지금 고려로 가는 의병이니까 여러분과 같이 갈 수 없습니다."

그랬더니 더욱 간절한 표정으로 눈물까지 뚝뚝 흘리며 재삼재사 간청했다.

"저희도 자주독립을 꿈꾸는 애국 군인으로 고려 독립군을 도울 각오가 되어 있습니다."

나는 고개를 저으며 말했다.

"여러분은 고려말도 모르고 또 우리도 러시아말을 모르는데 어찌 같이 다닐 수 있겠습니까?"

러시아 청년들은 내 앞에 엎드려서 이구동성으로 말했다.

"우리를 믿어주신다면 언어가 통하지 않는 것쯤이야 아무런 문제가 없습니다."

나는 러시아 청년들에게 줄곧 마음을 열지 않고 거부의 뜻을 밝혔다. 그렇게 말을 주고받으며 거의 밤을 새우게 된 새벽 시간이었다. 그리 멀지 않은 곳에서 돌연 '따르르' 하는 총소리가 들렸다. 나는 황급히 명령을 내려 우리 부대원 전체를 사방으로 흩어서 배치했다. 총소리는 아래쪽 물방아거리에서 집중적으로 들려왔다.

나는 부리나케 저격수들을 뽑아서 물방아거리에 가까운 지점의 언덕 앞으로 배치했다. 나는 얕은 개울을 첨벙첨벙 밟고 다니며 소총으로 눈에 보이는 놈들에게 총탄을 발사했다. 얼마나 시간이 흘렀을까. 공격해오던 놈들의 총소리가 뜸해졌다. 천천히 관측해보니 물방아거리에 숨어서 총을 쏘던 놈들 중에서 13명이 죽고 현장에는 말 세 마리가 죽어 넘어져 있었다. 우리 부대의 거센 공격에 놀란 놈들이 기세가 꺾여 양재거우 쪽으로 등을 돌리고 도망하는 모습이 보였다.

　즉시 날랜 대원들 몇을 시켜서 그쪽 동네를 수색해 들어가니 백계군에게 투항했던 앞잡이 놈들인 것이 확인되었다. 공격조를 편성해 마을 구석구석을 뒤져서 그 배반자들을 모두 잡아서 처형하고 작전은 모두 마무리되었다. 전체 대원의 상태를 점호해보니 러시아 병정 6명 중에서 세 명이 보이지 않았다. 교전 중에 총에 맞아 전사했던 것이 확인되었다. 격전을 함께 치른 그 세 청년의 이름을 물었더니 이바노비치, 바실리코사 카리메니치 등으로 씩씩하게 보고했다.

　이제는 어쩔 수가 없다. 작전을 함께 수행하고 생사를 같이 도모했으니 그 어떤 위기도 함께 겪은 전우와 진배없었다. 더럽고 누추한 군장을 모두 새것으로 갈아입히고 드디어 우리 의병대에 정식으로 입대시켰다. 그들은 말도 통하지 않지만 그저 눈만 마주치면 싱글벙글 웃으며 힘든 일에 자청해서 나서곤 했다. 그런 모습이 기특하고 갸륵했다.

봉오동

그렇게 상당한 기간을 행군해서 마침내 중국 땅인 차무정재에 당도했다. 나는 그곳의 지리를 잘 알고 있었다. 언덕 서쪽 깊은 골짜기로 들어가 진을 치고 하룻밤을 숙영했다. 그런데 하필 그날 밤 막 잠이 들려고 하는데 중국 마적 떼 70명이 달려들어 한바탕 커다란 소란이 일었다. 모든 대원이 즉각 응전 태세를 갖추어 놈들을 모두 쏘아서 거꾸러뜨렸다.

예전엔 그 깊은 골짜기 지역이 아주 조용하고 평화스러운 곳이었는데 요즘은 마적단의 소굴로 이용되고 있었나 보다. 멍고개를 지나 방축령을 넘어서 움푹 꺼진 개웅덩이를 지날 때 또다시 다른 마적 패거리와 한바탕 접전을 벌였다. 그런데 이번에 만난 마적 떼는 전력이 보잘 것없었다. 따라서 놈들을 쉽게 제압할 수 있었다.

이런 전투에서 다행히 성과를 올릴 수 있었던 것은 90명 규모의 마적 떼를 물리친 전과도 빛이 났지만 소총 50정, 탄환 1,300발, 약담배(아편) 여섯 봉지, 군복으로 쓸 수 있는 옷감 190자, 중국 돈 300원, 일본 돈 700원을 노획한 것이 크나큰 수확이었다. 그 모든 전리품을 우리 대원들에게 균등하게 나누었다. 러시아 병사 셋에게도 동일하게 500원씩 배당되었다. 그들은 겸손하게 그 돈을 받지 않겠다고 끝까지 도리질했다. 우리 대원들이 그들을 겨우 설득해서 품에 지니도록 했다. 그들이 감격해하는 모습은 보기에 참 좋았다.

이튿날 바로 행군 길을 떠나 나재거우를 거쳐 하마탕 마을의 예수촌으로 당도해서 드디어 진영을 세웠다. 우리 부대가 도착한 때는 깊은 야밤이었다. 마을에는 개가 짖고 사람들이 자다가 깨어서 한바탕 난리법석이었다. 그것은 적병들이 접근해오지 못하는 안전 지역이기에 망름을 놓고 무장을 풀어서 편하게 발을 뻗고 잠자리에 들었다.

1919년 10월 14일부터 이듬해 3월 초사흘에는 무단봉에 나가 사흘 동안 산속에서 숙영했다. 그러다가 우리 부대는 봉오골로 진입하게 되었다. 미리 우리 부대로 찾아온 밀사가 대원 전체를 그곳으로 초청했던 것이다. 봉오동에는 그 일대의 대토지를 소유하고 있는 최진동, 최운산 두 형제가 우리 부대 소식을 듣고 사람을 보내어 정식으로 초청해왔다. 그들은 일찍부터 그들 형제가 개인적으로 꾸린 사병(私兵) 조직을 거느리고 있었다.

하지만 규율과 체계도 제대로 잡히지 않아서 마적단의 습격에도 피해와 봉변을 당하기가 일쑤였다. 이러한 시기에 최씨 형제들은 우리 부대를 반갑게 맞이하며 모든 군대 유지비와 무기·탄약까지도 원활하게 공급할 것을 약속했다. 이러한 제의는 나로서는 전혀 마다할 까닭이 없었다.

최진동(崔振東, 1881~1942)은 본래 함경북도 온성 출생으로 1904년 무렵, 만주로 이주해서 살다가 그의 동생 최운산(崔雲山, 1885~1945) 등과 함께 중국군 보위단에 들어가 군관으로 복무했다. 그러다가 제대한 후 어느 만주족 대부호의 양자로 들어가는 행운을 누리게 되었다. 양부는 최진동에게 약 9천만 평의 토지를 물려주고 세상을 떠났다. 이후 그는 왕청현 봉오동 일대의 토지를 집중적으로 사들였다. 거기에다 한인 마을을 세웠고 광대한 농지를 개간했다.

학교를 설립해서 청년들을 교육했으며 여러 독립 운동가가 다녀가는 단골 코스이기도 했다. 그는 아우 최운산과 의논해서 600명의 동지를 모아서 군무도독부를 결성했다. 무기와 탄약을 구입하는 등 군비를 확충해서 무장을 단단히 꾸렸다.

이 무렵에 내가 대원들을 이끌고 봉오동 부근을 지난다는 소식을 듣고 연합을 제의해 온 것이다. 나는 곧바로 봉오동으로 들어가 최진동과 담판하고 전체 부대원들이 봉오동에 머무는 것을 결정했다. 그때부터 우리 부대는 대한독립군으로 명명했다. 안무(安武, 1883~1924)가 이끄는 국민회군도 비슷한 시기에 봉오동으로 와서 진을 통합했다. 전체 부대원이 약 1,000명인 연합부대로 막강한 군사력을 갖추게 되었다. 날마다 내가 직접 나서서 연합 부대의 전술 능력을 키우고 연마하는 군사 훈련을 맹렬하게 했다.

그해 6월 4일 경이었다. 최진동 부대와 내가 이끄는 대한독립군 부대가 두만강을 넘어가 함경북도 종성의 일본군 헌병대 국경 초소를 습격해서 완전히 궤멸시킨 뒤 봉오동으로 돌아왔다. 그로 인해 자존심이 너무나 상하고 화가 치밀었던 왜적 남양수비대 중대 병력이 곧바로 우리 뒤를 쫓아왔다. 우리 대한독립군과 최진동 부대는 긴급히 의논해서 삼둔자 부근에서 한판 싸운 뒤 작전상 후퇴를 했다.

왜적 제19사단 소속의 야스카와(安川二郎) 소좌 놈이 인솔하는 보병 및 기관총 대대가 즉각 우리를 추격했다. 나는 안산 마을에서 놈들과 한바탕 접전을 펼친 뒤 또다시 마을 안쪽으로 후퇴했다. 야스카와 놈은 야마자키 중대를 보내어 우리를 공격했다. 우리 부대는 고려령 부근에서 적들과 또 한바탕 교전을 펼친 뒤 지는 척하면서 봉오동의 가장 깊은 골짜기 마을까지 후퇴를 거듭했다. 우리 연합부대는 제각기 임무를 분배해서 연대본부와 7개 중대로 편성하고 각각 산촌 서북방, 봉오동 동부의 산악 고지, 서쪽 산 남부의 숲속에 매복시켰다.

나는 2개 중대를 이끌고 서북쪽 맨 끝 지점에 매복해 있었다. 나는 중대 병력의 이동을 적병들이 멀리서 눈치챌 수 있도록 슬그머니 노출하는 작전을 펼쳤다. 이화일 분대장은 고려령의 북쪽 고지에서 대기하다가 적병들이 나타날 때 교전하는 시늉을 하면서 자꾸만 안쪽으로 유인하도록 했다. 이윽고 일본군 주력부대가 모조리 봉오골 안으로 들어와 독립군 포위망에 완전히 포착되었을 때 내가 맨 먼저 총을 쏘면서 일제사격 신호를 올렸다. 아마도 서너 시간 동안 격렬한 전투가 벌어졌을 것이다.

그날 저녁 무렵이었다. 갑자기 봉오골에 세찬 소나기가 내리더니 없던 안개가 자욱이 끼어 앞이 잘 보이지 않았다. 적병들은 불안감에 사로잡힌 나머지 자기들끼리 총질을 해서 사상자가 많이 생겼다. 아주 희한하게도 하늘이 우리를 도운 것이라 여겼다. 사람이 보이지 않을 정도로 짙은 안개가 낀 것이었다. 뒤따라오던 적병 100여 명이 앞 선발대의 뒤를 돌아서 높은 산마루에 올라서자 봉오골에서 총을 쏘던 신민단 군사가 길을 잃고 동쪽 산으로 오르게 되었다.

　이때 적병들이 맞은 편 일본 군대를 대한독립군 출현으로 착각하고 마구 내려다보며 총질을 해댔다. 이때 적병들은 피할 곳조차 없는 상태로 맞총질을 했던 것이다. 뒤의 적병들까지 픽픽 쓰러지니 화가 난 놈들이 기관총으로 마구 갈겨서 자기네 왜병들이 거기서 많이 죽어 넘어졌다. 그쪽 방향에 있던 신민단 병사들 중에서도 날아오는 유탄에 맞아 다친 대원이 많았다. 나중에 왜병들은 놈들의 나팔소리를 듣고서야 비로소 착각 때문에 맞총질을 하게 된 사실을 알게 되었다. 그 후 총소리는 끊어지고 지휘관 놈들은 땅을 치며 통곡했다.

　그날 내 짐작으로는 왜적 수백 명이 죽은 것으로 파악되었다. 나중에 확인해보니 적병 157구의 시체가 확인되었다. 중경상자는 아마도 300명이 넘는 것으로 추산되었다. 우리 독립군 대원으로 전사한 병사는 모두 4명이다. 다친 사람은 10명이 넘는다. 봉오골 전투에서 왜병들이 그렇게 많이 죽었는데도 놈들은 전황 보고서에서 단 1명만이 죽었다고 거짓 보고를 보냈다고 한다. 얼마나 수치스럽고 있는 그대로의 진실을 밝히기가 부끄러웠으면 그런 보고를 했을까 생각해본다. 참으로 그동안 답답하던 가슴이 시원하게 뚫리는, 통쾌하고 무비한 승리였다. 지금도 그날의 승리를 떠올리면 가슴이 뛴다.

대한독립군

　　이틀 동안 꼬박 전투하고 초엿새 날 봉오골을 떠나 노투거우를 향해서 행군했다. 그곳에는 석탄 저장 창고가 있어서 그곳을 은폐 장소로 이용하려는 계획을 세웠다. 노투거우를 가려면 일랑거라는 마을을 지나쳐야만 했다. 혹시라도 왜병들이 출몰할까 봐 우리 부대는 각별히 주의하고 사주 경계를 철저히 하면서 이동했다.

　　석탄 창고가 거의 보이는 지점에서 아니나 다를까 왜병들 100놈 정도가 왁자지껄 떠들면서 걸어오는데 어딘지 모르게 이상한 기색이었다. 가까이 접근해서 동태를 살펴보니 무슨 좋은 일이 있었던지 놈들 중에는 낮술에 취한 자가 많았다. 게트림을 하는 놈, 방귀를 뀌는 놈은 물론, 비틀거리면서 고래고래 고함을 지르는 놈도 있었다. 그 연유를 확인해보니 그날이 마침 옛 일본 신화에 나오는 왕의 생일이어서 부대마다 술이 배급되고 음주가 허용되는 날이었다고 한다.

이렇게 반가울 수가 있나. 술에 취해 건들거리면 중심은 흩어지게 마련이고 집중력도 산만해지며 전투력은 완전히 상실된다. 어찌 군대가 저런 꼴을 보이는가. 만취한 놈이 한둘이 아니다. 이리 비틀 저리 비틀대다가 제풀에 픽 쓰러지는 놈들도 보였다.

"요놈들, 어디 대한독립군의 총탄 맛 좀 봐라."

적병들이 모두 사정거리에 들어왔을 때 우리는 깜짝 놀란 왜적들이 돼지 새끼처럼 꽥꽥거리며 허둥지둥 발을 굴렀지만 이미 때는 늦었다. 불벼락을 퍼부었다. 건들거리던 일본군 100명을 그대로 몰살시켰다. 놈들은 제대로 총을 잡지도, 응전 태세를 제대로 갖추지도 못했다. 왜적들의 무기와 탄약은 온전히 우리 차지가 되었다. 우리는 행운의 날이었지만 왜병들로서는 최악의 불운이었을 것이다. 거기서 우리는 빠른 걸음으로 길을 떠나 뫼일거우 쪽으로 행군했다. 그곳에는 허 영장 군대가 진을 치고 있어서 우리는 반갑게 만나 그로부터 한 달 동안 연합부대처럼 함께 지냈다.

그때 소왕령에서 전령이 긴급한 문서를 들고 와서 전했다. 문서에는 볼셰비키 세력들이 소왕령까지 진출한 것과 우리 대한독립군 소속으로 활동하고 있는 러시아 병사 셋을 원대 복귀시켜 달라고 요청한 내용이 있었다. 그들도 희색만면하여 돌아가기를 청했다. 나는 그간의 노고를 치하한 뒤 대원 30명을 호위병으로 붙여서 소왕령 본대로 떠나보냈다.

그런데 돌연히 나타난 중국 군대와 야릇한 시비가 붙어서 몇 발의 총을 쏘고 서로의 감정이 팽팽하게 대립하는 사건으로 비화되었다. 그들은 우리 부대에 배상금을 요구했다. 만약 거기에 불응하면 전면 공격을 개시하겠다는 엄포를 놓았다. 내가 통역을 데리고 중국군 대대장과 면담해서 전후 사정을 잘 이해시키고 오해를 풀면 좋겠다는 뜻을 전했다. 중국군 대대장도 거기에 기꺼이 동의하면서 드디어 화를 풀었다.

"어느 나라에서든 군대의 일에는 이처럼 예상치 못한 돌발사태가 발생할 수 있지요. 조선이 현재 일본에 엄청난 피해를 겪고 있는 때에 우리 중국과 대립하는 것은 옳지 않습니다. 양쪽 병사들이 모두 함께 만나 오해를 풀고 손을 맞잡도록 하십시다."

참으로 대인다운 풍모가 아닐 수 없었다. '저토록 국량이 크고 깊은 무관이 얼마나 될까'라는 생각을 잠시 했었다. 양쪽 부대는 만나서 서로 술을 권하며 잠시 동안의 오해로 공연히 서로에게 큰 피해를 안겨줄 뻔했다며 웃었다. 우리는 헤어질 때 서로 껴안고 격려해주었다.

천보산전투

6월 28일에 우리 부대는 천보산 뒤쪽을 돌아 어랑촌을 통과해서 만리거우란 산중으로 들어가 진을 치고 거기서 한 달 동안 숙영했다. 지형지세가 몸을 숨기기에 적절하고 외부에 노출될 염려도 크게 없는, 아주 안전한 천연요새였다. 오랜 전투와 행군에 지친 몸과 마음이 지쳤기에 피로가 모두 풀릴 때까지 휴식했다.

그다음 목표지와 작전계획은 투더거우에 진을 치고 있는 일본 병대를 공격하는 일이었다. 우리는 만반의 준비를 완료하고 고양이 걸음으로 살금살금 적진을 향해 나아갔다. 달도 없는 그믐밤의 깊은 삼경이었다. 이제 우리 대원들의 공격력과 기습전의 역량은 크게 강화되었다. 여러 전투를 통해 실력이 늘었던 것이다. 그런 역량으로 일본 병대를 완전히 궤멸시켰다.

전투를 끝내고 뒷정리를 하고 있는데 거기서 멀지 않은 동포들의 마을에서 어서 와달라고 초청해 왔다. 그 마을은 예수를 믿는 기독교인들의 집단마을이었다. 그래서 주변에서는 모두 예수촌이라 불렀다. 서둘러 그곳으로 행군해갔다. 마을 입구에 들어서니 이미 가마솥에서 설설 끓는 쇠고깃국 냄새가 구수하게 다가왔다. 수육과 내장은 별도로 분리해서 여러 가지 작업을 했다. 그런 일을 해본 병사들이 나서서 순대도 만들고 끓는 국에 소피를 넣어서 선지도 만들어서 한바탕 홍겨운 잔치가 벌어졌다. 우리 대원들은 그날 맛있는 쇠고기를 배가 터지도록 먹었다.

식사를 모두 마치고 나니 마을 대표가 커다란 보퉁이를 꺼내와서 풀었다. 거기에는 우리 대원들이 입을 내복이 가득 들어있었다. 모두 한 벌씩 받아서 입고 좋아서 그저 싱글벙글했다. 그 내복을 입으니 새벽에 찬바람도 들어오지 않고 따뜻했다. 그렇게 다시 길을 떠나 우리 부대는 말리거우로 돌아왔다. 그것이 7월 초순 무렵이었다.

1920년 7월 16일, 왜적의 조선 주둔군 참모장인 오노(大野)와 관동군 참모장대리 기스(貴志)란 놈은 여러 관계자 놈을 불러 모아 비밀 회담을 열었다. 그 주된 목적은 간도 일대의 조선인 마을을 온통 초토화하려는 계획이었다. 그래야만 조선의 독립단들을 원천적으로 제거할 수 있다는 생각 때문이다. 그 계획을 실행하기 위해 함경도의 나남 사단 및 만주에 진출해 있던 일본군 여러 부대가 연합으로 출동하기로 결정했다.

구체적으로 어디서부터 시작할지 전개 및 방법은 어떻게 할지에 대한 작전계획도 미리 짰다. 만주 일대의 우리 독립군들은 시간이 갈수록 위기 속으로 빠져들었다. 이러한 위기를 알고 어찌 그냥 수수방관할 수 있겠는가. 서로 긴밀히 연락해서 우선 동도독군부, 동도군정서, 동도 파견부를 비롯한 세 단체를 먼저 통합하기로 의결했다. 뿐만 아니라 독립군의 주둔지 또한 수시로 이동해야 한다는 원칙에도 공감했다.

각 부대는 사령부 조직을 운영하기로 했는데 나는 동도

독군부를 맡아서 지휘하기로 결정했다. 동도군정서는 김좌진(金佐鎭, 1889~1930)이 맡았다. 동도군정서는 왕청현 서대파 십리평에, 동도독군부는 의란구에 지휘부를 두었다. 내가 통솔하는 동도독군부는 4개 대대로 구성되었다. 제1대대는 영장(營將) 출신 허근(許瑾, 1864~1926)이 대대장을 맡았다. 대한독립군과 의군단의 혼성부대다. 그들의 주둔지는 의란구다. 제2대대의 대대장은 방우룡(方雨龍)이다. 그 부대는 명월구를 지킨다. 제3대대 대대장은 최진동으로 주둔지는 봉오동이다. 그곳은 바로 자신의 근거지이기도 하다. 제4대대 대대장은 김성(金成)이다. 그는 돌고개 지역을 방어한다. 이렇게 하니 우선 형식상의 편제는 정리되었다.

그해 여름, 봉오동에서 참패를 당한 왜적들은 복수의 칼을 갈았다. 나는 연단에 올라가 대한독립군 대원들에게 내 뜻을 밝혔다.

"동지들! 내가 국권 회복에 뜻을 둔 지 어느덧 십 년 세월이 흘러갔소. 백두산 기슭에서 산포수들로 의병대를 일으킨 것도 여러 해 전의 일이오. 지난 여러 해 동안 우리 의병대가 고국 강토를 떠나 만리타국을 떠돌 때 우리 동포들은 군량과 군자금을 지원했소. 우리가 이날까지 악전고투하면서 버텨 왔는데 만약 이제 와서 처음의 뜻을 포기한다면 얼마나 큰 웃음거리가 되고 말겠소?

특히 저 왜적들이 우리를 몹시 깔보고 경멸할 것이오. 아직도 왜적들의 말발굽 밑에서 신음하는 저 동포들에게 자부심을 크게 세워야 하겠소. 동지들! 우리 독립군들은 정의롭게 싸우다 당당하게 죽음을 맞이합시다. 그 순간까지 대한독립은 우리 가슴속에서 최고의 도달 목표라고 여깁시다."

어랑촌

그해 8월, 나는 부대를 이끌고 명월구를 향해 옮겨갔
다. 도중에 석탄령 부근에서 왜적 기병수색대와 맞닥뜨
렸다. 나는 신속하게 우리 대원들을 요소요소에 매복시
켰다. 홍 장군은 즉시 유리한 지점을 선택해서 독립군병
사를 매복시켰다. 그것은 우리가 항시 실행하는 유격전
법의 첫 번째 항목이었다. 먼저 적을 발견하고 먼저 쏘아
넘기는 것이 승리의 지름길이다.

드디어 적들이 천천히 다가왔다. 내가 권총을 뽑아 일
제사격의 신호탄을 쏘았다. 대한독립군 병사들의 총구에
서 총탄이 빗발처럼 날아갔다. 그날 전과는 기마병 28명
가운데 22명을 죽인 것이었다. 살아남은 6명은 말을 버리

고 그대로 산 아래쪽으로 달아났다. 우리 대원들의 사기는 펄펄 날았다. 나는 전 대원에게 왜적들이 머지않아서 공격을 시작할 것임을 단단히 일렀다.

적들의 공격은 9월 초에 시작되었다.

천보산으로 이동해가서 와룡구의 어랑촌 부근 산간에서 활동하던 우리 대한독립군 부대는 북완루구의 입구에 도착했다. 이 어랑촌은 함경도 어랑에 살던 주민들이 만주로 옮겨와서 살 때 예전 고향 이름을 그대로 써서 붙은 마을 이름이다. 나의 대원들은 100명가량의 날랜 병사들이었는데 오랫동안 전투를 해오면서 전투 역량을 갈고 닦았다. 그들은 지난날 백두산의 밀림 속에서 온갖 고초를 겪으며 실력이 향상된 명사수들이다. 정신력이 굳건하고 하나같이 강한 전투력을 지녔다.

우리 부대는 9월 21일, 어랑촌 마을에 당도했다. 제각기 자기 위치를 찾아서 자리를 잡았다. 김좌진 부대는 보름 뒤에야 도착했다. 그곳을 북로군정서에 인계하고 우리 부대는 완루구 쪽으로 옮겨갔다. 어느 틈에 겨울이 찾아오고 첫서리가 하얗게 내렸다. 당시 왜적들은 주로 우리 부대를 토벌하려는 계획을 세운 후 줄곧 뒤를 밟아 다녔다. 뚜렷한 성과를 얻지 못하게 되자 적들은 마적 패와 접선해서 훈춘사건을 일으켰다.

일본은 대규모의 일본군을 만주로 진주시키려고 하다 보니 중국의 눈치를 보지 않을 수가 없었다. 그래서 출병 구실을 만들기 위해 놈들은 매수한 마적 장강호로 하여 금 일본 영사관의 직원들을 습격해서 죽이도록 했다. 그리곤 이 살상행위가 조선의 불령선인들 짓이라고 거짓 선동했다. 이는 만주 일대의 일본군을 보호하기 위해 놈들의 군대를 출병시킬 수밖에 없다는 당위성을 확보하기 위한 짓이었다. 그게 1920년 4월과 9일에 걸쳐 두 차례나 저지른 일이다.

불순한 목적을 달성하기 위해 동족을 살해하는 일도 주저하지 않는 저 왜적들의 잔학무도함에는 치가 떨렸다. 그런 각본을 실행한 직후에 곧바로 나남 19사단 아베(阿部) 놈이 부대를 이끌고 훈춘으로 들어왔다. 관동군은 동쪽의 요동 지역을 공격했다. 당시 일본 정부는 일본군의 만주 출병을 거침없이 밀어붙였다. 그로부터 불과 10일

뒤인 10월 17일부터 간도 일대의 조선독립군을 토벌하는 작전을 펼치겠다고 발표했다.

말로는 독립군 토벌 작전이지만 실제로는 만주 일대의 모든 한국인 마을을 초토화하는 계략이었다. 왜적 소장 계급의 아즈마 놈은 군대를 이끌고 용정촌을 목표로 공격을 시작했다. 그로부터 장백, 안도, 무송을 비롯한 북간도와 서간도 일대에는 불시에 일본 헌병대가 파도처럼 기습했다. 소장 이소바야기 놈은 여단 병력을 이끌고 훈춘을 마구 유린했다. 이렇게 구성된 3개 왜적토벌대는 가는 곳마다 참혹한 학살을 자행하고 다녔다. 연해주 주둔 왜적 군대는 북만주 일대를 온통 짓밟고 마구 파괴 학살했다.

철령 쪽에 주둔하고 있던 왜병 놈들은 연대급 병력을 내몰아 무순, 통화를 비롯한 서간도 일대를 완전히 쑥대밭으로 만들었다. 만주 전체의 조선독립군을 소탕한다는 명분으로 출병한 일본군은 무려 2만 명이 넘는 5개 사단 병력이었는데 모조리 만주 벌판에 내몰아 질풍처럼 한국인 마을을 초토화했다.

이 무렵 나는 부하 600명을 이끌고 어랑촌에 주둔하면서 왜적들의 이동 상황을 긴밀히 보고 받고 있었다. 이처럼 급박한 시기에 나는 여러 무장단체의 대표들을 소집해서 긴급회담을 열었다. 여기 참석한 무장단체는 대한독립군, 국민회군, 신민단, 의민단, 한민회 등 5개 조직이었다. 당장 맞서 왜적들과 싸우기보다는 우선 몸을 피신했다가 틈을 노려서 공격하는 방식이 채택되었다.

당시 우리가 조직한 연합부대는 대한독립군 300명, 국민회군 250명, 의군부군 150명, 한민회군 200명, 광복군 200명, 의민단군 200명, 신민단군 200명 등 1,400명 규모였다. 나는 이 연합부대의 모든 책임을 맡게 되었다. 우선 주력 병력 800명을 뽑아서 매일 강한 훈련을 시켰다. 이 싸움을 위해 주변 동포마을에서 도움이 되는 물품들을 보내왔다.

마침내 왜적들과 한바탕 싸우는 그날이 다가왔다. 당시 왜적 군대의 책임자 놈들이 나에게 느끼는 원한은 하늘을 찔렀다. 나 하나 때문에 놈들이 수모와 패전의 창피를 겪은 것이 무릇 얼마이던가. 그래서 놈들의 나에 대한 복수심은 부글부글 끓어올랐다.

"함경도 일대에서 홍범도란 이름은 우리에게 얼마나 큰 공포감을 주는 존재였던가. 이번 기회에 반드시 잡아서 무적 황군의 명예를 회복할 것이다."

정세는 날로 긴박하게 돌아갔다. 다시 연합부대 지휘관들의 연석회의가 열렸다. 사태는 점점 긴박하게 돌아가는데 참석자들의 의견은 자꾸만 분열되었다. 전투하느냐, 피신하느냐 이 두 가지 선택지 앞에서 대다수 참석자의 의견은 피전(避戰)이었다. 그래서 무거운 침묵을 깨고 내가 말했다.

"저 왜적들과의 결전은 불가피합니다. 우리는 어디서 어떻게 싸울 것인가 그 대책을 먼저 논의합시다."

내가 그렇게도 응전을 강조했지만 결국 피전으로 결정나고 말았다. 나는 그 자리를 나와 버렸다. 이것은 소극적이고 당당하지 못한 보신책(保身策)에 불과하지 않은가. 왜적이 바로 코앞에 버티고 있는 시기에 이게 무슨 짓인가. 아, 이를 어쩌면 좋은가.

청산리전투

아나나 다를까 왜적들은 10월 17일부터 공격을 개시했다. 놈들의 표현을 빌자면 토벌 작전이었다. 야마다(山田) 연대, 아즈마 지대가 제각기 다른 위치에서 우리 부대를 목표로 공격해왔다. 아즈마 부대만 하더라도 무려 5천 명에 육박하는 대병력이었다. 놈들은 이른 새벽부터 청산리 골짜기로 밀고 들어왔다. 우리 연합부대의 숫자는 3,000명가량이었다. 군대의 규모로는 왜적들이 한층 우위에 있었다. 나는 다시 긴급 작전회의를 소집했다.

"자, 이젠 피전과 응전의 문제가 아니올시다. 피전한다고 한들 이미 피신할 시간마저 잃어버렸소. 우리가 모두 힘을 합해서 저 왜적들을 물리칩시다."

어떤 다른 방법도 있을 수가 없었다.

"놈들이 먼저 공격하기 전에 우리가 선제공격을 하는 것이다. 청산리 일대의 지형지세는 우리가 환하게 꿰고 있지 않은가. 이것을 역이용해서 우리가 기습공격으로 적들을 제압하자." 이런 내 말에 모두 어금니를 굳게 깨물었다. 생사의 판가름이 시작되는 순간이었다.

삼도구의 작은 산간마을에서 시작되었다. 주변에는 해란강, 박달평, 부흥촌, 송하평, 나월평, 십리평, 청산리 등의 마을들이 골짜기마다 자리를 잡고 있다. 청산리는 삼도구에서 조금 떨어진 곳 작은 협곡이다. 이 삼도구에서 청산리까지는 대략 20km, 청산리에서 다시 백운평 직소까지는 12km다.

백운평 마을에서 해란강 쪽으로 조금 더 올라가면 베개봉이 나타난다. 직소 양쪽은 비좁은 골짜기다. 만약에 왜적들이 이곳으로 밀고 들어온다면 그것이 우리가 가장 기다리는 전략전술이다. 그 자리에서 적들을 섬멸할 수 있다. 우리가 보통 청산리라 부르고 있는데 이는 삼도구에서 청산리 마을을 거쳐서 해란강 상류까지의 70리 계곡 전체를 함께 부르는 말이다. 청산리라고 하면 청산리 마을이 있는 초입에서부터 저 맨 끝까지를 통틀어 일컫는다. 청산리 마을만 가리키는 것이 아니라 청산리가 있는 여러 골짜기 전체를 가리킨다.

이곳은 백두산과 위지령, 천보산, 화룡, 안도, 잉어령, 고동하 등등 여러 골짜기와 후미진 언덕과 구렁들이 여기저기 흩어져 있는 천연요새이기도 하다. 이제는 이 지형지세를 잘 이용하는 방법만 남았다. 무조건 먼저 매복하고 선제공격을 지혜롭게 하는 것이었다.

10월 21일 늦은 오후. 나는 대원들을 이끌고 행군해서 야지골로 들어가 그 언덕에 진을 쳤다. 이윽고 날은 저물어 오는데 무언가 낌새가 이상했다. 야릇한 긴장이 온몸을 팽팽히 곤두서게 했다. 캄캄한 어둠이 깔리고 한 치 앞도 보이지 않는 시간, 적들은 우리 지척에 다가와 있었다. 우리 대원들은 각자의 위치에서 숨을 죽인 채 내 명령을 기다렸다.

이런 숨 막히는 긴장 속에서 새벽 동이 훤하게 터오기 시작했다. 그 순간 하늘을 찢는 대포소리가 들렸다. 총소리가 마치 우산에 떨어지는 소낙비 같다. 우리 부대는 왜적 우두머리인 메시노의 대대와 대결하게 된 것이다. 나는 긴급히 명령을 내려 선발대가 적들의 뒤쪽으로 돌아갈 것을 지시했다. 우리 대원들은 샘물둔지의 질퍽한 흙탕에 엎드려 적들을 향해 먼저 사격을 개시했다. 우리의 공격이 시작되자 놈들의 뒤편으로 돌아간 선발대가 그쪽에서 총탄을 마구 퍼부었다. 당황한 적들은 방향을 잃고 허공을 향해 마구 헛된 총탄을 날려 보냈다.

놈들은 앞뒤로 공격을 받게 되자 무척 당황한 기색을 보였다. 우리 대원들의 필사적 공격으로 불과 반나절이 지나자 전투는 마무리 단계에 접어들었다. 총소리는 잦아들고 겨우 살아남는 적들은 도망치기 시작했다. 전투가 벌어졌던 곳을 두루 돌며 노획물을 걷었는데 소총이 240자루, 탄환이 500발이었다. 얼마나 값진 군수품들인가.

계속되는 전투로 무기와 탄약, 군량은 점점 바닥이 나기 시작했다. 이 무렵 러시아에서 철수해 나오는 왜적들이 북간도 전역으로 들어와 온통 놈들로 뒤덮였다는 소식을 들었다. 그런데 적들은 현재 나를 잡으려고 안달이 나 있었다. 특히 왜적 우두머리인 아즈마 소장 놈은 승전의 결의로 입술을 굳게 다물었다. 놈의 눈에는 잔뜩 독기가 올랐다.

왜적들은 함성을 지르며 공격해왔다. 나는 일사불란한 명령을 내려 왜적에게 반격을 했다. 일본군이 중앙고지로 올랐지만 거기는 텅 비어 있었다. 그때였다. 뒤로 돌아간 우리 예비대 병사들의 총탄이 놈들에게 퍼부어지기 시작했다. 놈들은 그때서야 함정에 빠진 사실을 알았지만 이미 늦었다.

나는 계속 산마루에서 명령을 내렸다.

"1중대는 서쪽으로! 2중대는 동쪽으로!"

우리 대원들은 절대로 물러서는 법이 없었다. 여기서 우리 부대는 적군 수백 명을 사살하는 전과를 올렸다. 전투는 날이 저물 때까지 이어졌다. 적들은 귀신이 홀린 느낌이 들었을 것이다. 사면팔방에 조선독립군이 매복해 있었고, 서쪽에서 총소리가 들리다가 그치면 곧 동쪽에서 또 사격이 시작되었다. 그러다가 서쪽에서 또 그 뒤를 이어받았다. 여기에 왜적들은 갈팡질팡하면서 큰 혼란에 빠졌다.

전투는 여전히 청산리 여러 골짜기에서 산발적으로 이어졌다. 이곳에서 일단 전투가 마무리되었지만 결코 안심할 수가 없었다. 나는 다음 전투에 대비했다. 우리 대원들을 샘물둔지 구역으로 이동시켰다. 이곳은 천수평(泉水坪)으로도 부른다. 계남촌의 서북쪽 골짜기에 있는 산중마을이다. 나는 대원들을 샘물둔지의 뒷산에 오르게 해서 안전지대에 진을 치고 잠시 쉬도록 했다. 얼마나 고단했을 것인가. 가까운 민가에 부탁해서 기장밥을 얻어와 먹였다. 힘들게 피땀 흘려 싸웠던 대원들의 얼굴은 그제야 환한 표정으로 바뀐다.

북로군정서 주력 부대는 23일에 갑산촌에 도착해서 진을 쳤다. 여행단 병사들도 곧 뒤따라왔다. 그들은 야간행군으로 몹시 지친 상태였다. 그런 상태에서도 가노 부대의 공격을 받고 용감하게 싸워서 물리쳤다. 잠시 방심하는 틈에 적들이 다시 힘을 모아 공격을 해왔는데 여기서 크게 밀리기 시작했다. 완전히 밀리고 밀려서 거의 전멸

할 위기에 이르렀을 때 나는 급보를 받고 대원들을 인솔해서 산등성이를 황급히 넘어 북로군정서 대원들을 구출하러 달려갔다.

조금 전 격렬한 전투를 끝냈지만 험한 산등성이를 넘어서 바로 달려온 것이다. 김좌진 부대가 위기에 빠졌다는 급보를 듣고 혼신의 힘을 다해서 산을 넘었다. 무슨 힘이 나로 하여금 그토록 위험한 상황에서도 기운을 내도록 만들었을까. 그건 나도 알지 못한다. 그런데 이 사실이 지금은 완전히 묻히고 진실이 가려졌다. 내가 김좌진 부대를 구출해 주었는데 그 부관인 이범석(李範奭, 1900~1972)은 자신의 수기『우둥불』에서 내가 도망치기에 바빴다고 완전히 사실을 왜곡하고 있는 것이다. 심지어 청산리전투에서 나는 아무런 역할이 없었다고까지 말했다. 참으로 서운하기 짝이 없다. 목숨을 구해준 은공을 어찌 그토록 거짓말로 배신하고 있는가. 대체 무엇 때문인가. 이범석은 틀림없이 나를 상놈이라고 무시한 것이다.

완루구에서 왜적에게 철퇴를 안긴 다음 우리 부대는 다른 곳으로 이동했다. 그런데 다시 긴급 연락이 왔다. 아즈마 부대가 남은 전열을 가다듬어 다시 공격을 개시했다는 소식이다. 나는 그쪽으로 정찰대원을 보내 모든 정황을 샅샅이 확인했다. 청산리 갑산의 입구에 왜적들이 집결해 있고, 아즈마 놈은 작전명령을 내리고 있었다. 역시 우리 대원들은 바로 그 현장을 기습해서 선제공격을 퍼부었다.

그때 우리가 사용한 무기는 기관총이었다. 우리는 지난날 러시아 병사를 친절하게 거두어 오랜 기간 함께 대원으로 다닌 적이 있었다. 그들이 자기 본대로 돌아가 상관에게 보고하고 그 보답의 표시로 보내온 선물이 바로 기관총인 뿔리묘트였다. 나는 그 무기를 꺼내어 아즈마 부대를 향해 마구 쏘았다. 무척이나 요긴한 무기였다.

해가 지고 주변이 캄캄해지자 아즈마는 남은 병력을 거두어 어둠 속으로 물러났다. 이날 전투에서 왜적 두목인 가노 연대장이 죽었다. 이렇게 높은 계급의 적군 지휘관이 전사한 것은 처음이었다. 그밖에 죽고 다친 놈이 무려 1,000명도 넘었다. 또 다른 왜적 두목인 아즈마 소장은 조선 함경도 무산의 보병 2개 중대, 회령 주둔 제74연대 제

1대대를 다급히 불러올려 투입했다. 하지만 모든 시도는 실패했다. 우리 연합부대는 일단 철수했다가 다시 부대를 나누어서 다른 지역으로 이동했다.

모닥불을 조심하라

그날 밤은 산중에 얼음도 얼고 완연한 겨울 느낌이 났다. 우리 대원들은 산중에서 불도 피우지 못하고 벌벌 떨며 웅크린 채 밤을 샜다. 겨우 주변의 낙엽을 손가락으로 끌어모아 이불처럼 덮었지만 냉기를 막기엔 역부족이었다. 아침에 대원들을 점호했더니 세 사람이 없다. 깜짝 놀라 주변을 돌아다보니 엎드린 채 죽어 있었다. 기가 막혔다. 어찌 이런 최후를 겪게 했던고⋯.

내 자신의 무능이 원망스럽고 탄식이 절로 나왔다. 그 대원들을 산기슭에 잘 묻어주고 우리는 또 길을 떠났다. 봉밀구 마을을 지나 동신장 앞대 쪽으로 오르니 어랑촌이 한눈에 들어온다. 우리 대원들이 악전고투했던 그 장소다. 우리는 다시 안도현의 황구령 쪽으로 행군해 갔다.

오도양차라는 궁벽한 곳을 지나다가 갑자기 날이 저물어 더는 앞으로 진군할 수가 없게 되었다. 우리 대원들은 빈 외양간에서 숙영했다. 몹시 추운 밤이라 주변의 낙엽과 나뭇가지를 주워서 모닥불을 피웠다. 내가 깜짝 놀라서 다가가 말했다.

"여보게들! 자네들이 불을 쬘 때 적들이 뒤에서 달려들면 어쩔 셈인가?"

그렇게 주의를 주었는데도 결국 그날 부주의 때문에 왜적들에게 노출되어 깊은 밤에 놈들의 기습을 당하고 말았다. 왜적들은 멀리서 숲속의 모닥불을 보았다. 몰래 접근해서 총탄을 퍼부었다. 불을 쬐던 우리 대원들이 어이없이 당했다. 그 자리에서 여럿이 전사했다. 산중에서 그것도 야밤중에 적을 경계하지도 않고 모닥불을 피우다니. 그것은 전술의 기본조차 제대로 되어 있지 않은 막된 짓이다. 대체 홍범도 의병대의 체신이 무슨 꼴인가.

한번 일러준 것은 철저히 지키고 그 실수를 두 번 다시 되풀이하지 말아야 하거늘 조금 춥다고 모닥불을 피웠으니. 그건 적에게 우리가 여기 있으니 어서 다가와 총탄을 퍼부으라는 통보와도 같다. 어찌 이런 우매한 짓을 저지르는가. 나는 대원들에게 눈물이 쑥 빠지도록 엄중하게 꾸중하고 주의를 주었다. 모두가 고개를 푹 숙이고 말이 없었다. 너무 비판만 하는 것도 좋은 방법은 아니다. 그들이 사기를 잃지 않는 범위 안에서 꾸중과 책임을 물어야 한다.

계속 공격하는 왜적들을 피해 산속을 허둥지둥 헤매다가 동굴 하나를 발견했다. 그곳에 냉큼 들어가 몸을 숨겼다.

날이 샐 무렵 우리 대원들의 수를 헤아려보니 도합 40명. 나머지 대원들은 모두 어디로 사라졌나. 참담한 심정이었다. 그다음 날 종일 숨어다니다가 완루구의 어느 숲속에서 한둔했다. 뼈를 파고드는 싸늘한 겨울바람 속에서의 고생은 말로 다 할 수 없다.

드디어 1920년 10월 26일. 날이 밝았다. 지나간 한 주일이 무려 6년 세월처럼 길게 느껴졌다. 그토록 숨 가쁘게 왜적들과 목숨 걸고 싸웠던 청산리 독립전쟁. 그 눈부신

혈전(血戰)의 막은 내렸다. 청산리전투는 오로지 우리 겨레의 단합된 힘으로, 제국주의 일본의 정규군을 무찌른 빛나는 승리였다.

청산리 일대의 여러 골짜기에서 그동안 기나긴 전투가 벌어졌다. 이 전투의 결과 및 보고서에는 제각기 많은 차이가 있다. 군정서 사령부에서는 일본군 1,600명이 죽었다고 발표했다. 하지만 중국 측 보도는 2,000명 사망이라고 했다. 용정 일본 영사관의 비밀보고서에는 가노 연대장 이하 800명이 전사했다고 기록되어 있다. 하지만 일본은 공식적으로 전사자는 11명이고 부상자는 24명이라고 주장했다.

그 숫자가 무엇이 중요한가. 여러 독립군 연합부대가 서로 힘을 합쳐 왜적을 격파한 것이 가장 큰 성과요, 감동이었다. 이날의 패배가 너무도 창피하고 면목이 없었던 아즈마는 독립군 병사의 숫자를 무려 세 배나 불려서 6,000명이라고 거짓 보고를 하였다.

일본군은 청산리전투가 끝난 뒤 전사자의 시체를 달구지에 싣고 침통한 얼굴로 걸어갔다. 왜적들이 입만 열면

가장 상투적으로 말하는 '무적황군(無敵皇軍)'의 체신은
무색해졌다.

간도 학살

1921년 신유년, 그해 정월에는 몹시도 혹독한 한파가 몰려왔다.

왜적 놈들은 패전하고 돌아가면서 청산리 부근 마을들에서 아무 곳이나 닥치는 대로 들어가 주민들을 보이는 대로 학살했다. 비겁하고 잔혹한 악당들이었다. 전투에 패배한 복수심의 작용이었던지 왜적들은 마을에 들어서자마자 닥치는 대로 불을 지르고 일본도를 마구 휘둘렀다. 부녀자들을 한곳에 몰아넣고 그녀들이 보는 데서 남자라면 젖먹이까지 끌고 와 집 안에 가두고 불을 질렀다. 연기는 방 안에 가득 들어차고 천장에선 불꽃이 툭툭 떨어졌다.

견디다 못한 사람들이 비명을 지르며 뛰어나오면 곧바로 총창으로 찌르며 기관총을 드르륵 난사해서 모조리 죽였다. 시체는 다시 불 속으로 던졌다. 다음으론 선 채로 벌벌 떨고 있는 노약자들을 모두 죽여 불길 속에 던졌다. 부지직부지직 생살과 기름이 타는 냄새가 코를 찔렀다. 젊은 아비가 어린 아들을 품에 안고 불구덩이 속을 헤치며 뛰어나오는데 왜적은 총창으로 등을 찔러 무참히 쓰러뜨렸다. 아기도 죽였다. 백운평 마을은 모조리 불타 잿더미가 되었다.

훈춘지구의 이소바야시(磯林) 지대와 왕청 지구의 기무라 지대. 이 두 부대의 왜적 놈들은 독립군을 토벌한다는 마을에 진입했다. 놈들은 피에 주린 승냥이였다. 집집이 달려들어 부시고 주민들을 끌어내었다. 남녀노소를 가리지 않고 일본도를 휘둘러 눈에 띄는 대로 죽였다. 주민들은 총을 맞고 피를 뿜으며 짚단처럼 풀썩 쓰러졌다. 집과 마을은 온통 불바다가 되었다.

이글이글 피어오른 산더미 불길이 흑갈색 연기와 함께 멍석처럼 둘둘 말려서 맹렬한 기세로 타올랐다. 온 마을은 울부짖는 소리와 놈들의 꽥꽥거리는 고함, 사람들의 애처로운 비명으로 가득 찼다. 왜적들은 피에 주린 승냥이였다. 피바다 속에서도 하루해가 저물었다. 어떤 왜적 놈은 한국인의 목을 잘라서 두 손에 하나씩 들고 다녔다. 용정, 연길, 화룡지구의 아즈마 지대 왜적들도 이에 뒤질세라 경쟁적으로 포악한 만행을 저질렀다. 놈들이 지나가는 곳들은 여지없이 참혹한 불바다가 되었고, 홍건한 피바다가 새로 생겨났다.

연길 의란구에서도 엄청난 피해를 입었다. 연길 소영자(小英子)에서 30명, 화룡 이도구(二道溝)에서도 20명이 강간당하였다. 배부른 임산부를 만나면 일본도로 배를 갈라 태아를 꺼내어 흙바닥에 집어던졌다. 죽은 사람의 머리를 베어서 나란히 줄지어 놓거나 나무시렁에 주렁주렁 매달아놓기도 했다. 학생은 꿇어앉히고 일본도로 목을 내려쳤다. 착검한 소총으로 행인들을 세워놓고 가슴과 배를 한꺼번에 찔렀다. 피가 분수처럼 공중에 솟구쳤다. 달아나다 잡힌 사람은 밧줄로 꽁꽁 묶어서 나무가리 위에 올려놓고 그대로 불을 질렀다.

적들의 지휘관 한 놈이 뭐라고 명령하자 졸개 여러 놈이 일제히 시체더미에 달려들어 총창으로 쿡쿡 찌르며 산 사람이 있는지 확인하였다. 악당들이 이런 만행을 저지르는 주목적은 우선 한인사회를 완전히 초토화해서 독립운동의 근거지를 아주 없애버리겠다는 것이었다. 놈들은 우선 성공한 듯 보였다. 독립군들이 떠난 만주 일대에서 놈들의 무력 탄압은 점차 강화되고 친일 세력은 급속도로 확산되었다.

왜적들이 만주 일대의 조선인 마을을 찾아다니며 온갖 발광을 하면서 벌인 만행은 무척 다양했다. 마을에 들어오면 일단 기름을 뿌리고 불부터 질렀다. 그리곤 보는 사람마다 칼로 찔러 죽이거나 목을 잘랐다. 방법도 갖가지였다. 가장 흔하게 쓰던 방법은 소사(燒死), 총살(銃殺), 사살(射殺), 자살(刺殺), 소각(燒却) 등이었다.

경신년인 1920년 10월 5일부터 11월 23일까지 간도 일대에서 왜적에게 무참히 학살된 무고한 한국인 동포의 수는 무려 30,000명이 넘는 것으로 추산되었다. 훈춘, 화룡, 연길, 왕청, 기타 남만, 북만 등지에서 체포된 사람은

5,000명이었고, 6,000호에 달하는 동포들 살림집이 부서지고 불탔다. 학교는 50여 개소, 양곡 손실 45,000석 등이다. 추산되는 피해 총액은 1,878,600원으로 집계되었다.

이는 오로지 봉오동과 청산리에서 처절하게 당한 놈들의 패전 분풀이였다. 역사는 이를 '경신년대참변'이라고 했다. 다른 말로는 '간도 학살'이라고 한다. 왜적은 놈들의 여러 공식적 문헌에 '간도사변', 혹은 '간도토벌'이라고 기록했다.

반목과 분열

1920년 12월 중순, 드디어 한도 많고 탈도 많았던 한 해가 가고 있었다. 서북간도 항일무장단체 지도자들은 부대를 이끌고 북만주의 밀산 방향으로 길을 떠났다. 대한독립군의 홍범도 부대, 북로군정서의 서일과 김좌진 부대, 간도 대한국민회군, 대한신민단의 김성배(金成培) 부대, 도독부의 최진동 부대, 광복단의 이범윤 부대, 혈성단의 김국초(金國礎) 부대, 야단 병사들, 이용규(李容奎)의 대한정의군 등 모두 아홉 개 부대였다.

나는 이청천(李靑天, 1888~1957)의 서로군정서 부대와 협력해가며 북방 길을 서둘렀다. 때는 2월 14일, 뼈끝까지 시리게 하는 시베리아 광풍이 휘몰아쳤다. 오동청, 앵무

현, 태성, 영고탑을 지나 도무거우, 누형동 산골로 접어든다. 그 후 다시 사흘 넘게 행군했다. 여러 날 동안 먹은 것도 부실한데 강추위와 눈보라는 죽을 듯한 고통을 느끼게 했다. 대원들은 행군 중에 자는 사람이 많았다. 아득한 눈길 들판에 대원들의 행렬은 길게 이어졌다.

기나긴 행군 대열은 갖은 고통과 역경을 딛고 마침내 밀산(密山)으로 들어선다. 밀산은 온통 눈 속에 파묻혔다. 밀산은 당분간 독립군 연합부대의 집결지가 되었다. 그해 겨울 밀산에는 영하 30도의 살인적인 한파가 휘몰아쳤다. 여러 지휘관의 가슴은 쓰라렸다. 조국을 구하려 이국땅까지 와서 싸웠는데 또다시 쫓기는 신세가 되어 더 머나먼 타국으로 가야만 했다. 대체 이게 무슨 운명의 장난인가. 간도 땅에서 벌어지는 살인마 왜적들의 악행은 끊이질 않았다.

대원들은 고통 속에서 양무강과 수리더우를 통과했다. 호림과 도무거우도 지났다. 조금만 더 가면 우수리강이 보이리라. 곧 러시아 국경으로 접어든다. 국경을 넘으면 러시아 땅 이만이다. 우리 대오는 더욱 결속해야만 했다.

흩어지면 안 되었다. 그 고통과 시련 속에서도 9개 무장 단체가 통합하였다. 새로운 명칭은 대한의용군총사령부로 하였으며, 3개 대대에 각각 3개 중대를 두기로 했다.

내가 이끄는 대한독립군, 서일의 북로군정서, 안무의 국민회군, 최진동의 군무도독부군, 의군부, 혈성단 등 중국 지역에서 활동하던 무장대 조직이 한 계열이다. 그들과 더불어 청룡대, 박일리아의 사할린대, 박 그레고리의 이만대 등이 연합하여 연해주에서의 총병력은 도합 3,500명이다. 뒤따라 도착한 후속 단체들과 다시 연합해서 조직명은 대한독립단으로 바뀌었다. 지휘 체계도 새로 짰다.

서일(徐一, 1881~1921)이 총재를, 나는 부총재를 각각 맡았다. 고문에는 백순(白純, 1864~1937)과 김호익(金鎬益), 외교부장은 최진동, 사령관에는 김좌진, 참모부장은 김좌진이 겸임했다. 참모는 이장령(李長領)과 나중소(羅仲昭), 군사 고문에는 이청천(李靑天, 1988~1957), 제1여단장은 김규식(金奎植, 1881~1950), 참모는 박영희(朴英熙), 2여단장에는 안무(安武, 1883~1924), 참모는 이단승

(李檀承), 제2여단 기병대장은 강필립(姜必立) 등이 맡았다.

여러 독립군 지도자는 소련 홍군 자유대대의 동포 출신 지휘관인 오하묵(吳夏默, 1895~?)을 찾아갔다.

"우리는 소련 홍군의 도움이 필요합니다. 잘 부탁드립니다."

러시아에서 나고 자란 오하묵은 작은 체구에 배가 볼록 튀어나왔는데 긴 가죽장화를 신고 있었다. 그의 노력으로 치타정부와 협상해서 군사협정도 맺었다. 무기와 탄약 등 각종 군수 장비 지원에 대한 약속이었다. 여기까지는 좋았지만 이후에는 실행 소식이 없었다. 들리는 말로는 일본의 방해 공작 때문에 협정 자체를 폐기하려는 움직임도 있다고 했다.

1921년 1월 26일, 독립군 연합부대가 지니고 있는 모든 무기를 소련 군대가 거두어가겠다는 통보를 받았다. 연합부대 내부에서는 소란이 일었고, 분노하는 사람이 많았다. 이 시기에 나는 곰곰이 생각했다. 우리가 소련 땅에 넘어와서 보호를 받는 처지가 되었으니 일단 그들이 원하는 대로 무기를 맡겨두었다가 나중에 되찾는 게 좋겠다는 판단이 들었다. 그래서 우리 부대는 무기를 넘겨주는 것으로 결정했다. 하지만 끝까지 불응하는 부대도 있었다. 이 무기 반납 때문에 부대들 간에 반목이 생기기 시작했다.

스보보드니에서 겪은 참변

1920년 1월 16일, 연합국 최고회의는 볼셰비키 정권과의 통상을 다시 시작하고 간섭군대의 철수를 결정했다. 그러나 일본은 군대를 그대로 남겨두었다. 이러한 시기에 러시아 빨치산 부대가 일본군 병사를 살해한 사건이 발생했다. 왜적들은 이를 빌미로 러시아혁명군의 무장 해제를 요구했다. 동시에 한인 독립운동 세력들을 공격했다.

적당들은 연해주 일대의 여러 한인마을을 공격하고 불태웠다. 최재형도 이때 참변을 당했다. 많은 사람이 죽었다. 이것이 '사월참변'이다. 그 무렵 연해주에는 두 개의 항일단체가 있었다. 고려공산당과 전로(全露) 고려공산당이다. 두 조직은 늘 반목과 갈등을 드러내며 서로 싸웠다. 이런 분위기가 독립군 연합부대의 앞날에도 어두운 먹구름을 드리웠다.

그런 혼란 속에서 한 해가 바뀌고 1921년 6월이 되었다. 러시아의 아무르강 부근에는 스보보드니라는 작은 중소 도시가 있다. 스보보드니란 러시아 말은 '자유'를 뜻한다. 그래서 우리는 그곳을 자유시라고 불렀다. 연합부대원의 대다수는 이 자유시에 머물고 있었다.

그 무렵 스보보드니에는 한인총회가 조직되어 있었다. 오하묵과 최운산이 이끄는 소련 홍군의 한인 보병자유대와 황하일 부대가 연합한, 약 500명 규모의 부대가 주둔하고 있었다. 여기에다 박 그리고리 부대, 최 니꼴라이 부대도 합류했다. 이런 연해주파 군인들에다 지난해 만주에서 이동해온 우리 독립군 연합부대까지 합세했다. 어디 그뿐인가. 박 일리야의 니꼴라엡스크 부대를 비롯한 사할린특립의용대도 있었다. 스보보드니에는 온통 한인 병사들로 득시글거렸다. 게다가 여러 부대는 서로 은근히 주도권이나 자존심을 두고 다투었다.

이런 분위기를 가장 싫어하면서 경계심을 드러내는 측은 일본이었다. 왜적들은 소련 주재 일본 공사를 앞세워 우리 연합부대의 해산을 압박해왔다. 워낙 강경하게 요구해대니 귀찮아진 소련 정부는 1921년 3월에 우리 연합부대 전체를 일방적으로 소련군에 강제로 편입시켰다. 이 소련군 사령관으로 갈란다라쉬빌리가 왔고 동포 군인 오하묵이 부사령관으로 임명되었다. 오하묵은 노골적으로 상해파를 싫어했기 때문에 상해파 계열의 독립단 부대는 그의 지시를 따르지 않았다. 오하묵은 그들에 대한 원조와 물품 제공을 끊어버렸다. 야릇한 냉대와 이간질로 뒤숭숭한 분위기가 되고 말았다.

이처럼 혼란이 계속 발생하니 독립단 간부들 사이에서도 군권 다툼이 일어났다. 박 일리야는 처음부터 자기가 모든 연합조직의 중심이 되어야 한다고 주장했다. 오하묵까지도 자기 휘하에 들어와야 한다고 했다. 여기에 앙심을 품은 오하묵은 원동정부의 지원하에 박 일리야를 압박하는 권력자로 군림하게 되었다. 두 사람의 반목과 질시는 전체 분위기를 일시에 어둡게 만들었다. 오하묵의 자유대대는 러시아에 일찍부터 들어와 자리 잡은 원호인(元戶人) 청년들로 구성되었는데 그 기질이 대개 오만하고 방자했다.

박 일리야가 거느린 니콜리스크 병사들의 상당수 또한 난폭한 기질을 가지고 있었다. 이런 혼란 속에서 내가 이끄는 대한독립군단의 처지가 점점 미약해지고 초라한 모습이 되고 말았다.

이런 두 대립과 반목 속에서 나는 일단 오하묵의 방침을 지지하기로 결정했다. 그게 최상의 선택은 아니고 소련의 등에 업혀 거들먹거리는 오하묵이 탐탁하지 않았지만 일단은 그의 위세를 이용해서 우리 독립군단의 해결책을 마련해야겠다고 판단했다. 참으로 어렵고 힘든 결정이었다. 절대로 동포들끼리 반목하는 일은 없어야 한다. 우선 소련의 군사력을 우리가 역이용해서 자생력을 키워가야 한다는 것이 당시 나의 생각이었다.

오하묵과 박 일리야의 대립 속에서 나는 일단 중도파를 주장했지만 실제로는 오하묵 쪽을 더 지지했던 것이 사실이다. 하지만 이는 내가 공산주의자를 두둔해서가 결코 아니다. 나는 사상이나 이념 같은 건 전혀 모른다. 그런 것에는 관심조차 갖지 않았다. 나를 공산주의자로 매도하지 말라.

연합부대 지도자들 사이에서는 시간이 흐를수록 각자 어느 편을 들었다는 둥 의견 대립이 노골화되었다. 나는 깊은 밤에도 잠자리에서 일어나 이 위기를 극복할 수 있는 방안을 고민했다. 이대로 가면 몹시도 참혹한 일이 발생할 수도 있다. 나는 여러 지도자를 찾아다니며 우리가 성에 차진 않지만 우선 당장은 소련의 힘에 의지해야 한다며 협조와 이해를 구했다.

"이 연해주까지 와서 우리 동지들끼리 반목하고 분열하게 된다면 그것은 조상들께 죄를 짓는 일이 되지 않겠소?"

"제발 마음을 열고 싸움은 피하도록 합시다."

그러나 나의 이런 노력을 비웃거나 비난하는 세력들이 있었다. 심지어 나를 빨갱이라고 하는 자도 있었다.

그해 6월 2일 자유시에는 연해주로 이동한 여러 독립군 연합부대가 속속 집결했다. 조직 개편 문제를 논의하는 자리였는데 그보다는 정치적 빛깔과 노선에 대한 불만과 비판이 쏟아졌다. 박 일리야도 오하묵에 대한 불만을 거침없이 쏟아내었다. 어떤 사람은 나에 대한 비난을 서슴지 않고 퍼부었다. 그런 혼란 속에서 고려혁명군 통합조직이 재발족하였다.

그러나 박 일리야는 어떤 조직의 통합에도 가담하지 않고 오직 자신의 노선을 고집했다. 이런 박 일리야를 겨냥한 오하묵의 원한이 노골적으로 표시되기 시작했다. 자유시 일대에서의 군사적 긴장도 점점 높아졌다. 나는 여러 지도자를 찾아다니며 뜨겁게 호소했다.

"우리가 이 먼 곳까지 와서 대립과 반목으로 세월을 보내는 것은 너무 헛되지 않소? 이런 방법은 결국 우리 모두의 파멸을 불러오는 일뿐이오."

"이런 분파적 갈등을 가장 즐거워하는 세력은 왜적들입니다."

이토록 절규하며 설득했지만 아무런 효과로 이어지지 못했다. 무서운 광기와 위험한 충동 속에서 자유시에는 파괴적 기류로 가득 차오르기 시작했다.

5월 21일 고려혁명군사의회의 총사령관 갈란다라쉬빌

리는 박 일리야에게 마지막 통고를 했다. 끝까지 통합에 불응한다면 무력으로 무장을 해제시키겠다고 전했다. 오하묵도 자기 휘하의 연락병을 보내어 이 뜻을 전했지만 박 일리야는 응답하지 않았다.

드디어 6월 27일 새벽이었다. 오하묵은 막강한 연대 병력을 이끌고 자유시의 박 일리야 부대를 향해 공격의 포문을 열었다. 그가 이끄는 소련 군대는 박 일리야 부대의 진영을 완전히 포위했다. 한순간 숨 막히는 긴장이 감돌았다. 그런 긴장은 정오까지 이어졌다. 어디선가 총소리가 들렸다. 뒤이어서 무서운 공격이 시작되었다. 자유시 전역은 요란한 총소리로 가득했다.

오하묵은 박 일리야 부대를 향해 집중공격을 하기 시작했다. 무차별 공격으로 사할린의용대 장병들은 허무하게 무너지고 말았다. 그들은 밀리고 밀려서 제야강 쪽으로 쫓겨 갔다. 제야강은 아무르강의 지류다. 그들은 강가에 이르러 워낙 다급한 나머지 작은 보트 하나에 수십 명이 타고 도망치려 했다. 그러나 곧 보트가 뒤집혀 거기 탔던 병사들은 모두 허우적거리다 익사했다. 포격 중에 살아난 병사는 드물었다.

이날 공격에서 272명이 포화의 현장에서 참혹하게 죽었다. 장병 37명은 작은 쪽배가 침몰해서 강물 속에서 허우적거리다가 죽었다. 나머지 250여 명은 어디로 갔는지 종적을 확인할 길이 없었다. 오하묵의 군대에 체포된 병사는 917명이었다. 이것이 '자유시참변(自由市慘變)'의 전모이다. 자유시에는 자유가 사라지고 오직 피비린내 나는 참혹한 악몽만이 남았구나.

왜적에 대항한 무장독립투쟁은 이로써 치명적 위기 상황에 놓이고 말았다. 그냥 자멸이었다. 박 일리야는 자신의 권력 지키기에만 눈이 어두웠고, 오하묵은 파쇼적 권능으로 마구 살육행위를 저질렀다. 두 사람 모두 비극적 분열주의로 우리 겨레의 독립운동을 파멸과 해체의 구렁텅이 속으로 몰아넣어 버렸다. 참으로 부끄럽고도 수치스러운 일이다. 그로부터 29년 뒤에 발생했던 6·25전쟁은 자유시참변의 복제판이 아니었던가 생각한다. 자유시참변도 6월 25일, 1950년의 동족상쟁도 6월 25일. 어찌 그토록 파괴와 살육의 날은 동일한가.

자유시에서 참변이 벌어진 그다음 날 나는 대원들을 데리고 참혹한 현장에 나가 뒷정리를 했다. 기막힌 참상은 그야말로 눈 뜨고 볼 수가 없었다. 시체 썩는 냄새가 자유시의 상공을 뒤덮었고 까마귀 떼가 요란한 소리를 내며 날아다녔다. 나와 대원들은 여기저기 흩어진 시신을 거두어서 광장 한쪽의 공터에 땅을 판 후 묻었다. 나는 충격과 슬픔을 이기지 못하고 부근 솔밭으로 들어가 혼자서 소처럼 펑펑 울었다. 내 아내와 두 아들이 왜적들에게 죽었을 때에도 이토록 눈물이 쏟아지진 않았다.

그해 겨울, 참변이 벌어진 스보보드니에도 함박눈이 내렸다. 참극의 현장은 온통 눈으로 덮여 어떤 비극이 일어난 것인지를 알 수 없었다.

이후 우리 연합부대 대원들은 이르쿠츠크로 이동해서 고려혁명군사의회 소속의 '한인 보병여단'으로 소련 군복을 입게 되었다. 나는 여기서 소련군 대위 계급장을 달고 제2여단 제1대대장이 되었다. 의병장과 대한독립군 총사령을 거쳐 소련군 대위가 되어 계급장을 부착하는데 기분이 착잡했다. 대원들의 얼굴에도 분노의 빛이 서렸다.

하지만 나는 묵묵히 현실을 받아들였다. 그때까지도 막강한 러시아의 군사력을 지원받고 의지하려는 뜻이 있었기 때문이다.

그해 겨울, 이르쿠츠크의 군사법원에서는 자유시참변을 심사하고 판결하는 군법회의가 열렸다. 나는 재판장으로 임명되어 업무를 맡게 되었다. 말이 군법회의지 나는 거기서, 포로로 잡힌 대원들을 석방시키는 일에 주력했다. 여운형도 내 옆에서 이 일을 도왔다. 억울한 일을 당한 병사들을 돕는 일에 집중해야 했다. 어떻게든 불이익을 받지 않도록 각별히 신경을 쓰고 해결책을 찾아내려 애를 썼다. 감옥에 있는 대원들을 석방시키는 일에 내 온 힘을 쏟았다.

이 사건으로 소련에서 좌절을 겪게 된 대원들과 지도자들은 모두 소련을 떠났다. 최진동, 김좌진, 나중소 등은 서둘러 만주 지역으로 떠나버렸다. 이후 그들이 일본 군경이 무수히 널린 만주에서 어떤 고통과 혼란을 겪었는지 나는 알지 못한다. 하지만 쉽지 않은 고난의 삶을 살았거나 비참한 굴종의 길을 선택할 수밖에 없었을 터이다.

레닌을 만나다

1922년 1월 하순, 모스크바에서 극동피압박민족대회
가 열렸다. 나는 조선 대표로 선정되어 이 대회에 초청을
받았다. 나는 꽁꽁 얼어붙은 바이칼 호수를 차창으로 바
라보며 열차를 타고 북서쪽으로 달려갔다. 이 대회는 그
해 1월 21일부터 2월 2일까지 꼬박 열사흘 동안 계속되었
다. 최진동, 최운산, 여운형(呂運亨, 1886~1947), 이동휘(
李東輝, 1873~1935), 김규식, 박진순(朴鎭淳, 1898~1938),
김하석(金夏錫), 현순(玄揗, 1880~1968), 김단야(金丹冶,
1901~1938), 김애라(金愛羅) 등 여러 지도자급 인사가 모
두 이 대회에 참석했다.

대회는 날마다 전 세계적으로 약소민족에게 고통과 시

런을 안겨주고 있는 제국주의 파시즘에 대한 격렬한 비판과 성토로 이어졌다. 다양한 발표와 토론, 전시 행사가 펼쳐졌다. 당시 모스크바의 날씨는 영하 20도가 넘었다. 행사 중간에 잠시 건물 밖으로 나와 최진동과 서서 참석자의 여러 모습을 지켜보았다. 누군가 나를 활동사진으로 찍었다. 추운 날씨 때문에 내 입에서는 하얀 입김이 공중으로 쏟아졌다.

내 명함에는 '고려혁명군 수장 홍범도'라 적혀 있었다. 이 대회장에서 트로츠키(1879~1940)와 깔린이 나를 찾아와 껴안아 주었다. 중국, 몽골, 자바, 인도, 칼뮤크, 야쿠트, 부리야트 등 여러 지역 민족 대표들이 148명이나 한 자리에 모였다. 조선 대표는 52명이었다.

그 대회 기간에 크렘린에서 연락이 왔다. 소련의 최고 지도자 레닌(1870~1924)이 나를 만나겠다는 소식이다. 영광된 일이었다. 그들이 보내온 자동차를 타고 크렘린 마당으로 들어서 레닌의 집무실로 안내를 받았다. 앞이마가 벗겨진 레닌은 활짝 웃으며 내 손을 마주 잡았다. 그는 나에게 따뜻한 홍차를 권했다. 그리고는 내가 살아온

반생의 자세한 내용을 물었다.

나는 제국주의 일본과 싸웠던 의병대 시절의 전투 이력과 독립군 대장으로 싸웠던 모든 내용을 가감 없이 말했다. 그러면서 스보보드니에서 일어난 참변까지 모두 얘기했다. 레닌은 여러 내용을 이미 잘 알고 있는 듯했다. 그는 나의 반제국주의 투쟁 경력과 성과를 높이 평가했다. 뿐만 아니라 자신의 이름이 새겨진 마르세르식 권총과 러시아 장교 군복 한 벌, 금화 2백 루블을 선물로 주었다. 레닌이 소감을 묻자 나는 이렇게 답했다.

"스보보드니에서 일어난 사태로 감옥에 갇힌 병사들의 석방을 도와주셨으면 합니다."

그는 이 말을 듣고 즉시 명령을 내려 나의 요청을 해결했다.

피압박 민족대회의 회의장은 국제적 친선 열기로 달아올랐다. 나는 그 대회장의 객석 중앙에 앉아서 대회가 끝날 때까지 모든 과정을 지켜보고 귀담아 들었다.

1922년 2월, 내 나이도 어느덧 쉰 고개를 넘었다. 오랫동안 반목해온 상해파와 이르쿠츠크파가 드디어 연합하려는 움직임을 보였다. 줄기차게 회의에 회의를 거듭해서 드디어 '고려중앙정청'이란 조직이 꾸려졌다. 위원장은 최운산, 고문은 이동휘, 문창범(文昌範, 1870~1934)이 맡았다. 나는 최진동, 안무, 허근 등과 함께 고등군인 징모위원으로 추대되었다.

하지만 표면적으로는 합치를 이루었으나 내부로는 여전히 종파 간의 갈등이 계속 이어졌다. 여기에다 고려혁명군 부대가 무장해제를 당하게 되니 김규식(金奎植, 1881~1950)과 이중집(李仲集)을 비롯한 비동의파들은 만주로 다시 떠나버렸다. 여기에 동조하던 사람들도 모두 만주로 떠나갔다.

고려 독립

1922년 10월, 연해주에 주둔하던 일본군들이 모두 철수했다. 소련군 편제에 들어갔던 나와 내 부하들은 어느 날 갑자기 한꺼번에 제대 명령을 받았다. 소련군은 관리에 어려움을 느꼈고, 당시 나는 나이도 많은 데다 필요성이 없어진 것이었다. 모든 것이 내 뜻과는 무관하게 이루어졌다. 나는 강제 제대를 당한 뒤에 이만의 협동농장에서 벼농사를 지었고, 그 후 치타에서 조직된 고려인사회의 자치운동을 위해 노력했다. 사업이 웬만큼 안정기에 접어들었을 때 나는 하바롭스크를 향해 떠났다. 배가 항구에 막 도착해서 선창으로 내리는 순간이었다.

두 청년이 활짝 웃으며 나를 마중 나왔다고 했다. 그런데 어느 호젓한 곳에 이르자 그들 중 하나가 손을 내밀며 갑자기 악수를 청하는데 다른 청년 하나가 무언가를 손에 감추고 있다가 돌연 내 이마를 후려쳤다. 불의의 공격을 당한 내 얼굴에서는 삽시에 피가 주르르 흘러내렸다. 비겁한 테러였다. 놈은 벽돌을 종이에 싸서 위장하고 다가와 내 이마를 내려친 것이다. 두 놈의 이름은 김창수(金昌洙)와 김오남(金午男)인데 하바롭스크에서 소문난 불량배들이었다.

"네놈들은 나에게 무슨 원한이 있어서 이런 흉측한 짓을 하느냐?"

두 불량배 놈은 나에게 소리쳤다.

"지난 흑하사변 때 왜 소련 군대와 싸우지 않았소?"

놈들은 다시 벽돌을 들어서 나를 갈기려고 했다. 드디어 놈들의 의도를 알았다. 이것도 필시 누군가가 시킨 짓으로 짐작되었다. 두 놈의 공격은 거셌다. 그냥 두면 내가 죽을 것 같았다. 놈들은 곧바로 거꾸러졌다. 이 사건으로 나는 경찰서에 체포되어 구속되었다. 그러나 당시의 실권자 깔린에게 진정서를 보내어 바로 석방되었다. 내 진심은 아주 엉뚱한 방향으로 왜곡되었고, 이처럼 나를 비난하며 해치려는 자들이 곳곳에 숨어 있었다. 나는 이런 연해주 사회가 점점 싫어졌다.

모두가 힘을 합쳐서 싸워도 될까 말까 한 독립의 길에서 이런 분열은 아주 흉한 적이었다. 가슴은 몹시 우울해졌다. 하지만 이곳이 싫다고 해서 당장 떠날 수도 없는 노릇이다. 만주는 이미 일본군 천지가 되었다. 고국의 산천이 몹시 그리웠지만 그곳은 왜적들의 식민지가 되어버렸다. 내가 이곳 만리타국에서 죽게 되면 넋이라도 철새처럼 날아올라 몇 달이고 몇 년이고 날아가고 또 날아가서 마침내 고향 땅에 도착할 수 있겠지.

1924년 1월, 레닌이 죽자 스탈린(1878~1953)이 권력을 승계했다. 스탈린은 연해주 내에서의 조선 독립운동을 달가워하지 않았다. 그런 악조건 속에서도 여전히 독립단체들은 계파 간의 파벌싸움으로 세월을 허비했다. 나는 이만 부근의 싸인발이란 곳으로 가서 그곳 협동농장의 책임자로 일하게 되었다. 단단한 각오를 하고 떠났지만 나에겐 농장 일보다도 전투가 한결 수월했다. 이를 악물고 농촌 건설과 생산량 확대를 위해 힘써 노력했다. 어느 날 소련 정부에서 연금을 지급한다며 이력서를 쓰는 서류를 보내왔다. 나는 그 문서에 내 글씨로는 처음으로 무언가를 묻는 대로 적었다.

나, 홍범도는 1868년 8월 27일, 조선 평양의 빈농 가정에서 태어났다.

내가 8세 되었을 때 부모를 모두 잃었다. 그리고 15세까지 집안 아즈반네 집에서 자랐다. 1883년부터 5년 동안 평양진위대 보병대에서 나팔수로 병정 생활을 하였다. 1888⋯1887년까지는 황해도 수안군 총령의 종이 뜨는 제지 공장에서 일했다. 1894년, 막실이라는 농촌의 철령 신영리 공장 부근에서 일본에 붙어 있는 친일파 3명을 처단하고, 제지 공장에서 도망쳐서 강원도 철원 산골로 갔다. 그곳에서 일본 침략자와 맞서 300명 규모의 의병대를 조직했다. 1894년부터 1899년까지는 강원도와 함경도 등지에서 일본 군국주의자들에 저항해서 치열한 전투를 계속하였고, 의병대의 대원 수는 1,400명까지 늘어났다.

내 소원과 희망을 적는 곳에는 '고려 독립'이란 네 글자를 적었다. 정말이지 이보다 더 크고 중대한 목표가 어디 있으리오. 나는 그 후로도 여러 곳을 옮겨 다니며 농사일을 하게 되었다. 씬두히츠, 수랍스카, 쓰꼬또보, 차우돈까 등으로 이동하였다. 왜적을 물리치는 일을 하다가 이제는 벼농사 일로 방향이 바뀌었다. 왕년의 대한독립군 총사령이 벼농사 전문가로 소문이 나게 되었다. 무슨 일을 하든지 혼신의 힘을 쏟아서 하고 왜적과 전투하듯 했다. 그러나 해도 해도 농사일은 정말 힘들고 어려웠다. 총 쏘는 일보다 몇 배는 더 힘들었다.

　　이 세상 그 어떤 것도 전투 아닌 것이 없었다.

강제 이주 열차

어느 틈에 나는 회갑을 넘은 노인이 되고 있었다. 조용한 시간이면 예전 레닌으로부터 선물 받은 시넬 군복을 한 번씩 꺼내어 입어보곤 했다. 긴 가죽끈이 달린 군용 야전 가방도 어깨에 가로로 걸쳐 메고 있었다. 그 가방 속에는 레닌에게 선물 받은 권총이 들어 있었다.

소련 정부에서 매달 연금이 나왔다. 적은 액수지만 홀몸이라 매달 얼마씩 남았다. 백두산 밀림 속에서 의병대를 이끌던 호령이 쏟아져 나오던 내 입은 이제 굳게 닫혔다. 숱이 많고 억실억실한 콧수염은 나의 입을 더욱 무거운 침묵 속에 가라앉혔다. 나는 한카이 호수로 자주 낚시를 다니며 소일했다.

"아, 나는 이렇게 늙어가는구나. 내 마음은 그때와 전혀 달라지지 않았는데…….."

일본은 점점 더 제국주의 본색을 노골적으로 드러내며 주변 여러 나라에 고통을 주었다. 틈만 나면 연해주를 다시 쳐들어온다는 엄포를 놓았다. 이 위협을 소련 정부는 실제로 커다란 위기로 느끼고 있었다. 스탈린은 이런 일본의 위협을 염려했다. 일본이 침략을 하게 될 것이라고 가정해보니 연해주에 거주하는 고려인들의 움직임이 두려웠다. 그들은 외모도 일본인과 흡사해서 바로 일본의 앞잡이가 될 것이라 여겼다. 이런 분위기가 유언비어로 퍼져나가서 고려인을 바라보는 러시아 사람들의 눈길이 심상치 않았다.

스탈린 내각은 비밀회의를 열어서 고려인 숙청 계획을 세웠다. 모든 고려인은 누구에게도 속마음을 조금도 털어놓지 못했다. 밀고가 두려웠기 때문이다. 마침내 스탈린이 주도한 비밀회의의 내용이 알려졌다. 연해주에 거주하는 모든 고려인을 열차에 실어서 중앙아시아의 모래벌판으로 내다버리는 인종청소가 시작된 것이다.

그게 1937년 8월 21일 자 스탈린 명령서였다. 고려인 수십만 명은 영문 모르고 살아가다가 날벼락을 맞았다. 당의 결정이므로 어떤 불평도 이견도 제기할 수가 없었다. 가련한 고려인들은 전후 세 차례에 걸쳐서 가축 수송 열차에 짐짝처럼 실렸다. 블라디보스토크와 라즈돌노에 역이 집결지였다. 어디로 가는지도 알지 못했다. 살던 집도 농토도 기르던 소와 염소도 모두 그대로 버려둔 채 42일 동안 열차에 실려서 끌려갔다.

이렇게 끌려간 고려인의 수는 무려 17만 명이었다. 초겨울이 시작되는 무렵이라 가축 수송열차의 얼기설기한 판자 틈으로 눈보라가 치고 칼바람이 휘몰아쳤다. 그 고통을 이기지 못하고 열차 안에서 숨이 끊어진 노약자가 많았다. 죽으면 이불홑청에 둘둘 말아서 열차의 바람구멍으로 밀어 바깥으로 던졌다. 이게 망자와의 마지막 작별이었다.

이렇게 덜컹거리며 도착한 곳은 중앙아시아의 키질쿰 사막 한가운데였다. 시르다리아강이 가까이로 흘러가고 있었다. 그 습지에는 쥐와 벌레들이 우글거렸으며 질병도 만연했다. 그들은 끌려온 고려인들을 짐짝처럼 황야 한가운데에 팽개치고 떠나버렸다. 어떤 소문이 돌았는지 카자흐 사람들은 고려인들을 사람 잡아 먹는 식인종이라 며 절대 가까이 다가오지 않았다. 강제이주 전후의 애달 픈 이야기를 어찌 필설로 다 정리해낼 수 있을까. 그 소란 속에서 가족들은 이리저리 흩어졌다. 사막의 바람소리만 잉잉거렸다. 나도 그 행렬에서 예외가 아니었다. 놈들은 나를 끌어내어 이주 행렬에 밀어 넣었다. 고려인의 눈에 는 눈물도 말랐다.

블라디보스토크에서 발간되던 동포 신문인 〈고려일 보〉의 관계자들도 이주 행렬 속에 포함되어 중앙아시아 로 끌려왔다. 어느 날 그 신문에는 누군가가 탄식하는 글 을 게재했다. 모두 그 글을 읽으며 통곡했다.

'나라는 존재는 대체 누구인가. 내 진짜 조국은 어디인 가. 나의 조상들 뼈는 멀리 한반도에 묻혀 있고 나의 생김 새는 누가 뭐래도 한국인이다. 먹는 것도 한식이며 말도 조금씩이나마 한국말을 쓴다. 하지만 지금의 내 형편은 고려인도 조선인도 아니다. 그렇다고 카자흐 사람도 아니요, 러시아 사람은 더욱 아니다. 한국 사람은 더더욱 아니다. 오, 중앙아시아 고려인들의 슬픈 유랑은 아직도 아직도 계속되고 있는가.'

중앙아시아의 허허벌판인 우슈토베에 내버려진 우리는 몰아치는 추위 속에서 토굴을 파고 거기 들어가 추위를 피했다. 시르다리아강이 가까이 있어서 강가의 갈대 풀을 뜯어다 움막도 짓고, 땔감도 했다. 봄이 되자 우리는 연장을 구해 땅을 파고 그 구덩이에 씨앗을 뿌렸다. 모래벌판에는 가시가 숭숭 난 삭사울 나무뿐이었다. 저 놈들은 척박한 모래땅에서도 어찌 저리도 죽지 않고 잘 견디어내는가. 나는 그 삭사울 나무를 바라보며 생각에 잠겼다.

우리는 가진 것을 모조리 빼앗기고 그동안 이룬 것 덧없이 날아간 뒤 한 달이 넘도록 이주 열차를 타고 끌려와 키질쿰 사막의 한가운데에 버려졌다. 메마른 모래벌판, 종일 푸석한 먼지 날리는 곳에 버려진 것이었다. 우리는 서로 껴안은 채 체온을 유지하며 밤을 지냈다. 날이 밝아서 둘러보니 그 척박한 땅에도 나무 비슷한 것들이 듬성듬성 있었다. 잎은 없고 가지는 앙상한데 푸석한 줄기는 마치 비루먹은 개와 닮은꼴이었다. 바람이 불면 그 나무는 이상한 소리를 신음처럼 내었다. 그게 바로 삭사울 나무였다.

　우리 고려인들은 수천 년을 이곳에서 견뎌왔을 저 나무처럼 이를 악물고 살아가야 한다. 서로 돕고 힘을 합쳐야만 이곳의 무서운 추위를 견딜 수가 있다. 가장 힘든 터전에서 뿌리를 내리고 아주 더디게 자라는 저 삭사울 나무를 보면서 우리는 정신적 도움을 크게 얻었다. 살아가는 일이 죽기보다 어려울 때 삭사울 나무는 우리에게 무어라고 소곤거린다. 이제는 더 이상 힘들다고 하지 말아요. 키 작은 삭사울은 그렇게 우리 고려인들에게 작은 소리로 힘과 격려를 보내주었다.

슬픈 노년

내 나이는 어느덧 70 고개를 넘고 있었다. 나는 노약자란 이유로 크즐오르다에 정착하게 되었다. 낯도 설고 물도 맞지 않는 사막 한가운데서 죽지 않기 위해 종일 피땀 흘리며 땅을 파는 고려인들의 모습에 눈시울이 젖었다.

어찌 해서 우리 민족은 이토록 고통을 당하는가. 제국주의 강도 왜적들에게 나라를 빼앗기고 옮겨온 연해주에서 자리를 잡게 되니 느닷없는 강제 이주가 되고 말았다. 이 무슨 운명의 장난인가. 독한 스탈린 정부는 고려인들의 문화 활동을 금지하고 민족문화를 말살하는 정책으로 일관했다.

그런 어려운 여건 속에서도 연해주에 있던 고려극장,

신문사, 방송국, 출판사 등이 카자흐스탄 크즐오르다로 옮겨왔다. 고려극장에는 희곡 작품을 쓰는 태장춘(太長春)이란 청년 극작가가 있었다. 그가 나를 몹시 좋아해서 자주 찾아왔다. 어느 날 나를 불러내어 고려극장의 경비를 책임져달라는 부탁을 했다. 나도 종일 심심하게 지내고 있었기에 그 제의를 수락했다. 내가 주로 하는 일은 극장을 지키며 비품도 관리하는 일이다.

일이 없어 한가할 때면 고려극장 배우들이 무대에서 공연하는 우리 민족의 고전 작품인 심청전과 춘향전 등의 연극을 즐겁게 보았다. 내가 즐겨 앉는 곳은 언제나 가장 뒤쪽의 가장자리다. 극작가 태장춘은 나를 자기 집으로 가자고 해서 식사도 대접하고 즐겁게 웃으며 지난 이야기를 즐겨 들었다. 그는 주로 내가 의병대장으로, 독립군 총사령으로 활약하던 시절의 이야기를 들려달라고 재촉했다. 그때마다 태장춘의 아내 이함덕(李咸德)이 옆에서 내 이야기를 받아 적었다.

태장춘은 이런 내 이야기를 정리해서 '의병들'이란 제목의 연극을 무대에 올리기도 했다. 공연이 열리던 날은 일부러 나를 불러 맨 앞자리에 앉히고 관람하게 했고, 극이 끝나면 나에게 소감을 물었다. 이런 시간들이 무척 즐겁고 행복했다.

당시 내가 거처하던 집은 크즐오르다의 변두리에 있는 방 하나짜리 아주 작고 허름한 집이었다. 카자흐스탄 크즐오르다 스체쁘나야 거리 2번지. 이는 내가 살던 집 주소다, 거기서 여러 해를 살았다. 이따금 옛 부하들이 찾아와 지난 시절 이야기도 떠올리고 즐겁게 환담했다. 또 어떤 때는 김좌진이 험하게 살다가 암살당한 이야기, 옛 독립운동가들이 일본의 앞잡이가 된 이야기, 차도선(車道善)이 외롭게 살다가 혼자 죽은 이야기 따위의 슬픈 소식을 전해주었다.

친한 후배들이 다녀가고 나면 나는 언제나 고독하고 쓸쓸했다. 온종일 한마디도 하지 않고 적적하게 지내는 시간이 많아졌다. 1943년 2월 어느 날, 옛 부하들이 떼를 지어 몰려왔다. 그들도 이젠 함께 늙어간다. 나는 내가 키워오던 돼지 두 마리를 잡도록 했다. 내가 그들에게 줄 수 있는 작은 기쁨이란 바로 이런 것이 아니겠는가. 또다시 이런 시간을 보내기란 참으로 어려울 것이다.

1943년 10월이었다. 가을로 깊어지면서 내 몸은 점점 움직이기가 힘들어졌다. 나 혼자서는 방에서 일어서기도 어려웠다. 그런 가운데서도 나는 기운을 내어 우리 고려 인들이 꾸려가는 방앗간에 소일 삼아 나가서 일을 도왔다. 청년들과 자주 어울려 점심 식사도 같이 하고 그들의 이야기도 들을 수 있었다. 어느 날 나는 무릎과 허리가 너무 아파 방바닥에서 일어날 수가 없었다. 청년들은 내가 나오지 않으니까 걱정이 되어서 찾아왔다. 그들은 찬 방 바닥에 혼자 누운 내 이마를 손으로 짚어주고 이불깃을 끌어당겨 덮어주었다.

바로 그다음 날인 1943년 10월 25일, 하루해가 저무는 저녁 8시, 나는 눈을 감았다. 청년들과 옛 부하 몇이 내 옆에서 내 마지막 순간을 지켜보았다. 당시 내 나이는 75세였다. 방앗간 청년들은 지역의 고려인 신문인 〈레닌기치〉에 내 죽음을 알리는 부고를 서둘러 실었다. 장례식은 27일 오후 4시에 열린다고 알렸다.

홍범도 동무가 여러 달 동안 병석에 계시다가

본월 25일 하오 8시에 별세하였기에 그의 친우들에게 부고함.

장례식은 1943년 10월 27일 하오 4시에 거행함.

크즐오르다 정미 공장 일꾼 일동

이것이 신문에 실린 내 죽음을 알리는 부고다. 내가 봐도 참 다정하고 사랑스러운 부고가 아닌가 한다. 나는 죽을 때까지도 동포들의 방앗간에 나가서 일을 도왔다. 이만하면 나에게 맡겨진 삶의 임무를 충실히 한 셈이 아닌가 한다. 아, 나는 돌아가고 싶다. 고향의 바람이 아늑히 느껴지는 곳. 눈을 감아도 귓가에 구슬픈 '아리랑' 가락이 들려오는 곳. 거기를 어서 가고 싶다.

나는 내가 살던 집터 부근의 공터에 임시로 묻혔다. 독소전쟁(獨蘇戰爭, 1941~1945) 와중의 혼란한 시기라 그랬다고 한다. 그게 너무 허술하다며 전쟁이 끝나자 크즐오르다의 고려인 공동묘지로 옮겼다. 그런데 내 무덤의 한쪽 귀퉁이가 자꾸만 가라앉았다. 이를 크게 염려한 동포들이 조금씩 돈을 모아서 무덤을 수리하고 그 앞에 비석을 세웠다.

'조선의 자유 독립을 위하여 제국주의 일본을 반대한 투쟁에 헌신한 조선 빨치산대장 홍범도의 이름은 천추만대에 길이길이 전하여 지리라'란 글귀를 새겼다. 뿐만 아니라 내 무덤 위로 아주 커다란 동상이 건립되었다. 고려인 동포 조각가 최 니콜라이의 작품이라고 한다.

그 무덤은 공동묘지의 뒤쪽에 있어서 눈에 잘 띄지 않았다. 이 때문에 크즐오르다의 고려인들은 눈에 가장 잘 보이는 공동묘지 입구 한 가운데로 다시 위치를 옮겼다. 이곳 고려인 신혼부부들이 가끔 찾아와 내 앞에 서서 둘이 손을 맞잡고 사랑의 맹세를 하는 모습을 보는 것이 즐거웠다. 내 육신은 지금 세상에서 사라지고 없지만 중앙아시아의 모든 고려인은 나를 여전히 믿고 의지하고 마음으로 따르는 중심으로 여기고 있다. 이게 나의 가장 커다란 기쁨이고 자부심이다.

내 이르노라

그동안 한국에서는 8·15광복 이후 그 어떤 교과서에서도 내 이름이 등장하지 않았다. 자라나는 동포 아동들은 내가 누구인지를 전혀 몰랐다. '청산리전투'라고 하면 오로지 김좌진 혼자서 모든 노력을 다해 승리를 거둔 주역으로 알려져 있다. 우리 독립운동사의 모든 왜곡과 은폐는 오로지 북로군정서 김좌진 장군의 부관참모였던 이범석 때문이다. 그는 이승만 독재정권 시절에 국방부장관과 국무총리까지 지냈다. 그는 오로지 자신의 직속상관인 김좌진만 띄우기 위해 내 이름을 일부러 독립운동사에서 지워버렸다. 그 단적인 이유는 내가 끼면 자신의 상관인 김좌진의 공로가 퇴색되기 때문이다. 그 때문에 이범석은 나를 '빨갱이', 즉 공산주의자라고 매도했고 그 결과 나는 최근까지도 우리 독립운동사에서 소외되었다.

이제는 누구나 다 잘 아는 사실이 되었지만 나는 청산리전투에서 가장 중심적인 역할을 수행하면서 혼신의 힘을 다해 싸웠고, 또 빛나는 승리로 이끌었다. 물론 그 승리는 나 혼자만의 노력이 아니라 그때 함께 힘을 모았던 모든 독립군 연합부대의 피땀 덕분이다. 김좌진이 백운평전투에서 왜적들에게 휘몰려 거의 죽음의 위기에 놓였을 때 내가 부대를 이끌고 산을 넘어가 아슬아슬한 위기에서 구출해준 것을 이범석은 일부러 외면하고 있는 것이다. 대체 그 까닭이 무엇인가. 인간이 의리를 배반해서는 안 된다. 어찌 나를 그토록 고의적으로 배척하고 소외시키며 독립운동사에서 내 이름을 깡그리 지웠는가. 현재 한국사는 모두 이범석의 기록을 바탕으로 청산리전투를 서술하고 있다.

그는 심지어 내가 청산리전투에 애당초 참전하지도 않았다는 뻔뻔한 거짓말까지 했다. 이것은 사내대장부로서 차마 할 짓이 아니다. 은혜를 저버릴망정 어찌 없는 사실까지 조작해서 나를 독립운동 대열에서 소외시킨단 말인가. 그것은 인간으로서 차마 해서는 안 될 철면피의 비겁한 행동이다. 그 때문에 해방된 내 조국에서 홍범도란 이름은 아주 잊힌 존재가 되고 말았다.

1970년대 평양에서 우리 독립운동사를 연구하는 학자들이 논문을 통해 내 활동의 발자취를 정리해서 학술지에 발표한 적이 있다. 북한이 남한보다 먼저 이 연구·조사를 했다. 중국의 연변에서도 우리 조선족 동포 학자들이 나를 중심으로 봉오동전투와 청산리전투의 격전지를 방문하고 그 동선을 중심으로 자세히 연구한 논문이나 해설집을 발간한 적도 있다.

남한에서는 상당히 늦은 시기인 1980년대 중반 이후에 신용하, 박영석, 장세윤, 박환, 반병률을 비롯한 여러 학자가 나의 독립운동 발자취를 구체적으로 더듬고 그 역사적 의의를 정리하는 저서와 연구논문을 지속적으로 발간했다. 그 무렵에는 내 구술을 극작가 태장춘의 아내 이남덕의 손으로 정리·기록한 〈홍범도 일지〉까지 발간되어 점점 특별한 관심과 주목을 받기 시작했다. 저서도 많지만 논문은 더 많았다. 이동순(李東洵, 1950~) 시인은 나를 중심 테마로 설정하고 민족 서사시『홍범도』를 무려 10권짜리 전집으로 발간하기도 했다. 그는 2023년에 나의 생애를 다룬 평전『민족의 장군 홍범도』와 시집『내가 홍범도다』를 발간하기도 했다. 나를 다룬 단행본이나 논문, 문학 작품들 중에서 기억나는 목록들 몇 가지를 여기에 떠올려본다.

「홍범도 장군의 항일무장투쟁과 고려인 사회」(한국근현대사학회)

「만주 독립군의 형성과 홍범도의 대한독립군」(한국근현대사학회)

「간도 지역의 홍범도 서사담 연구」(한국언어문학회)

「한국독립운동사자료집: 홍범도 편」(한국정신문화연구원)

『봉오동 청산리전투의 영웅-홍범도의 독립전쟁』(장세윤)

『홍범도 장군(자서전 홍범도 일지와 항일무장투쟁, 반

병률)

　『민족 영웅의 설화와 민요』(홍범도 장군과 안중근 의사, 김균태, 리용득)

　『아부지와 홍범도』(문금동의 실록수기, 문금동)

　『홍범도 평전-대한독립군 총사령관』(김삼웅)

　『조선 레지스탕스의 두 얼굴』(진명행)

　『실록 독립운동사 7: 봉오동전투와 청산리 대혈전』(이 이녕)

　『소설 홍범도』1~5(김세일)

　『민족 서사시 홍범도』1~10(이동순)

　『민족의 장군 홍범도: 평전』(이동순)

　『내가 홍범도다: 시집』(이동순)

　『홍여천 범도: 만화』(김진)

　『우리가 잊지 말아야 할 독립운동가 11: 홍범도』(신중신)

　『백 년 만의 귀환: 홍범도 편』(김기정)

　『우리 반 홍범도』(정용환, 정명섭)

　『역사논술교과서 홍범도』(서울교대 역사논술연구회)

『나는 홍범도: 소설』(송은일)

『범도 1, 2: 소설』(방현석)

　특히 시인 이동순은 나 홍범도를 중심인물로 다룬 시를 여러 편 썼다. 2018년 10월 12일에는 서울 여의도의 국회의원회관 대회의실에서는 나의 탄생 150주년을 기념하는 축하 행사가 열렸는데 그 자리에서 그는 다음과 같은 축시를 낭송했다. 나는 지난 1919년 11월, 대한독립군 총대장으로 활동하던 무렵, 대한독립군 결성의 정당성을 세계만방에 알리는 유고문(諭告文)을 발표한 적이 있다. 그 유고문에는 대한독립군 결성이 하늘의 뜻임을 밝히는 절절한 내 마음을 담았다. 이동순 시인의 낭송 축시는 오늘날 한반도의 위기와 현실에 대하여 마치 내가 쓴 것처럼 지난날의 유고문 형식으로 재구성해서 쓴 것으로 보인다. 작품의 전문을 여기에 옮기고 함께 읽어보기로 한다.

　新 諭告文
　　- 대한독립군 총대장 홍범도가

남북한 8천만 겨레에게 이 글을 보내노라

내 이르노라

조상 대대로 살아온

이 나라 삼천리 금수강산

날이 가고 해가 가면

더욱 빛나는 나라 만들어야 하거늘

너희는 어인 일로

이토록 피폐한 땅덩이 만들었느냐

이후 모든 인민이

하나로 뭉쳐서 이 땅을 빛내거라

가장 아름답고 살기 좋은

낙토로 바꾸어라

내 이르노라

백두산 상봉에 우뚝 서서

남으로 삼천리 북으로 삼천리

육천 리 강토에서 기운차게 말 달리던

그 씩씩하고 우렁찬

기백과 담력은 다 어디 갔느냐

그 광대한 겨레의 고토는

지금 어찌 되었나

크고 웅대한 포부를 키우고 닦아서

또다시 동북아 벌판을

말 달리자

내 이르노라

가장 급하고 급한 것이

갈라진 땅덩이 하나로 되돌리는 일

원래 하나인 몸뚱이

둘로 갈라 얼마나 불구의 시간 살아왔나

잃어버린 그 세월이

얼마나 억울하고 통탄스러운가

그걸 모르고 사는 삶은 삶이 아니라네

내 비록 늙었으나

마음 아직 청춘이니

두 팔 걷어붙여 앞장 서리

내 이르노라

겨레 갈라놓은 세력

그들에게 도움 준 무리들은

이 땅을 떠나거라

동포끼리 뭉치지 못하고

서로 대립 반목 시기로만 골몰하며

갈등과 분열만 뿜어대던

너희 지네 전갈

독사 승냥이 무리들은

즉시 이 땅에서 멀리 떠나거라

가서는 영영 오지 말거라

내 이르노라

조상 대대로 살아온

우리 국토 우리가 정하게 쓰고

후손에게 그대로 고스란히

물려줘야 하는 법

마구 쓰고 함부로 난도질 말아야 하네

고운 강산 맑은 물

그 무엇보다도 자랑찬 민족사

이것을 물려줘야 하네

결코 우리가 후손들에게 못난 조상

되지 말아야 한다네

내 이르노라

세월은 늘 고달팠으나

악전고투 속에서

이리저리 시달리면서도 이 악물고

그 어려움 잘 이겨왔지

절굿공이 갈아 바늘 만드는 심정으로

지게로 흙을 날라

바다 메운다는 심정으로

묵묵히 터벅터벅 우직한 자세로

우리 앞길 걸어가야 해

지난날 풍찬노숙에서 나는 깨달았지

내 이르노라

자꾸만 풍파로 밀려드는

온갖 고난 온갖 시련

그 앞에서 결코 지치거나

의기 꺾는 모습 보여선 안 된다네

쓰러지면 그대로 잠시 쉬었다가

다시 힘 모아 일어나게

가장 두려운 적은 자기 속에 있으니

늘 마음 다스리고 단련해서

부디 빛나는 겨레의 땅 만들어가야 하네

이게 내 간절한 염원일세

2018년 10월 24일에는 나를 사랑하는 한국의 동포들이

내가 세상을 떠난 지 75주년 되는 시간을 추모하기 위해

카자흐스탄 크즐오르다의 내 무덤을 찾아왔다. 그때 이

동순 시인은 자신이 20년에 걸쳐 힘들게 쓴 민족 서사시 『홍범도』(전 5부작 10권) 저작물을 일부러 들고 와 붉은 보자기에 싸서 내 무덤 앞에 정성껏 바쳤다. 그리곤 무릎을 꿇고 절을 두 번 했다. 시인의 눈에선 눈물이 흘렀고, 무덤 속의 나도 눈시울이 젖었다. 그의 뜨거운 진심을 나는 안다.

시인이 2000년 겨울, 서사시인 「홍범도」를 쓴다고 미시간 호수가 내다보이는 미국 시카고에 가 있을 때 나는 그를 위로 격려해주기 위해 단숨에 미국으로 달려갔다. 내가 백마를 타고 창가에서 방안을 들여다보니 시인은 밤을 새며 맹렬한 작품 쓰기에 몰두하고 있었다. 때마침 시카고에는 엄청난 눈보라가 휘몰아쳤다. 온 세상이 하얀 눈으로 뒤덮였다. 나는 시인에게 천천히 다가가 말없이 고개를 끄덕이며 무언의 격려를 보내주었다.

나를 테마로 불철주야 시를 쓴다고 고생하는 시인에게 그것은 나의 최소한의 성의 표시였다. 그 후 세월이 흘러서 이동순 시인은 카자흐스탄 크즐오르다의 내 무덤을 직접 찾아왔다. 이 얼마나 갸륵한 일인가. 나는 내 무덤 위에 세워진 동상 속으로 들어가 내 앞에 무릎 꿇고 있는 시인의 모습을 바라보았다. 시인은 옛날 고려극장 자리였던 크즐오르다의 공연장에서 어린 고려인 동포 중학생들이 펼치는 고전무용을 비롯해서 여러 프로그램과 추모 공연을 관람한 뒤, 그날 저녁 항공편으로 알마티를 향해 떠났다.

그곳 국립아카데미 고려극장에서는 나를 추모하는 순국 75주기 추모식이 열렸다. 행사에서는 주 카자흐스탄 한국 대사와 총영사, 오가이 세르게이 고려인협회 회장, 안 스타니 슬라브 독립유공자 후손회장이 추모사를 했다. 강 게오르기 고려문화 부회장도 나에 대한 강연을 했다. 제2부에서는 고려극장 소속의 젊은 배우들이 연극「의병들」을 공연했다. 한국어에 몹시 미숙한 고려인 청년 배우들인데 극본의 대사를 완전히 외국어처럼 외워서 연극의 전편을 이끌어나갔다. 참으로 대단한 정성이 아닐 수 없었다. 특히 나의 배역으로 등장한 청년 배우의 외모와 연기는 일품이었다.

그날 저녁 이동순 시인은 행사장 무대에 올라 미리 준

비해온 추모시를 직접 낭송하였다. 러시아말로 번역된 이 시작품은 시인이 먼저 자신의 작품을 낭송한 다음에 고려극장 소속의 고려인 여배우 김조야가 낭송하여 모든 참석자로부터 뜨거운 박수를 받았다. 시인이 한국어로 낭송할 때는 의미가 제대로 전달되지 않아 비교적 반응이 없었지만 김 조야가 러시아어로 번역된 시 작품의 감정을 제대로 살려서 시를 격정적으로 낭송할 때에는 여기저기서 탄성이 나오고 울먹이는 사람도 보였다. 어떤 참석자는 비감한 심정을 이기지 못하고 흐느끼며 손수건으로 눈물을 닦는 모습도 보였다. 한 카자흐스탄 참석자는 그 작품의 원저자인 시인에게 다가가서 오른손을 가슴에 대고 무릎을 살짝 구부리며 존경심의 표시를 하는 모습도 보였다. 내 가슴은 울컥했다.

알마티 고려극장의 추모식장 무대 정면에는 나를 그린 거대한 초상이 걸려 있었다. 그날 내 초상 앞에서 이동순 시인이 떨리는 목소리로 낭송했었는데 추모시의 전문을 여기에 소개한다. 사실 나는 시인이 낭송하는 이 작품을 귀로 들으며 내 눈가에는 눈물이 저절로 흘러내렸다. 고국을 그리워하며 늘 생각에 잠기던 내 모습을 어찌 이렇게도 감동적으로 표현해낼 수가 있단 말인가.

아, 홍범도 장군
　- 카자흐스탄 크즐오르다의 홍범도 장군 영전에서

아득한
중앙아시아 먼지바람 속
떠밀려 살아온 지 몇 년인가
아무리 지우려 해도 자꾸만 떠오르는
머나먼 동남쪽 내 조국 땅

그곳은 밝은 해
차분히 떠오르는 곳
새벽 닭소리에 잠이 깨던 곳
어둠 속에서 두런두런
들려오던 정거운 말소리

마구간 말들이 혼자

콧김 푸르르 푸르르 내던 곳

방문에 싸락싸락

싸락눈이 문 두드려 불러내던 곳

만리타국

고단한 객지 생활

수십 년 지나도 지나도

끝내 누를 수 없는 이 그리움은 대체 무엇인가

세월이 가면 갈수록

왜 이다지 자꾸 사무치기만 하는가

감출래야 감출 길 없는

이 진득한 그리움은 병인가 사랑인가

말해다오

말해다오

대체 무엇인가

왜 이토록 나를 잡고 사정없이 흔드는가

바람아 구름아

내 늙고 병들어 지금은 못 가니

너라도 다녀와서

그곳 소식 전해다오

천 리길도

만 리길도 쉬지 않고 달린다는

대초원 젊은 말떼들아

너희가 이 늙은 나를 도와서

질풍같이 갈기 나부끼며 달려갔다 돌아오렴아

그리고 네가 본 내 고향 소식 전해 다오

조금이라도 전해다오

젊었던 날

내 한 줄기 강풍으로

강과 산 다른 바람 불러 모아

모진 맹수 도깨비 떼 보는 대로 물리쳤나니

무슨 곡절로 내 이 먼 곳까지

휘몰리고 떠밀리고 끌려와 내팽개쳐졌던가

그 누가 나를

영웅이라 하는가

그 누가 나를 날으는 범이라 하는가

내 이제

그 아무것도 아닐세

다만 자욱한 황사 바람 속

크즐오르다 길거리

모래벌판 한 귀퉁이에 혼자 쪼그려

드디어 외롭고 가련하고

볼품없는 늙은이

내 삶은 처량 만고

집도 절도 없이 평생을 떠돌았고

처자식마저 가뭇없이 나라에 바쳤나니

삭북의 계절

엄동설한에 방바닥조차

냉돌인 채 등에 이불 두르고 쪼그렸나니

이 한 몸
가슴속 미련일랑
모두 버리고 깡그리 씻어내고
마침내 한 덩이 구리뭉치로 우뚝 서 있나니
그래도 내 눈길은
예나 제나 동남쪽 고향을 바라고 섰네
종일 고향하늘 바라보는 게
내 지금 유일한 낙일세

여보게들
내 조국 땅에서 오셨다는 귀한 여러분들
얼른 이리 오게 와서 손이라도
한 번 잡아보세
그리고 고향 소식 들려주게

78년 만의 귀국

　나는 자나 깨나 내 뼈가 고국으로 돌아가 묻히는 것이 소원이었음을 진작부터 밝혔다. 이런 내 뜻을 알고 한국 정부는 크즐오르다의 내 유골을 한국의 국립대전현충원으로 옮길 계획을 세웠는데, 이는 카자흐스탄 정부와의 협력을 바탕으로 순조롭게 추진되었다. 내가 막상 한국으로 떠난다고 하니 카자흐스탄 고려인협회를 이끄는 동포 지도자들과 교민들의 가슴에는 허전한 심정이 끓어올랐던가 보다. 하지만 내가 고국의 국립묘지로 가는 것은 합당한 일이라고 말했다.

　이 무렵에 북조선도 여러 해 전부터 나의 고향이 평양이니 당연히 나를 평양으로 모셔야 한다며 봉환을 주장했으나 그것이 뜻대로 관철되지 않았다. 사실 북조선에서는 김일성 수령 형상화 작업이 펼쳐지는 시기에 나를 맞이하는 일이 그리 달갑게 여겨지지는 않았을 것이다. 또 고려인 교민사회도 북한으로의 봉환을 흔쾌히 허용하지 않았다. 1995년부터 한국 정부가 나를 한국으로 봉환하겠다는 계획을 발표하자 북조선은 유해 봉환을 위한 남측의 노력을 맹렬히 비난했다. 홍범도의 고향은 평양이며 또 유족들도 북조선에 있으므로 당연히 평양으로 봉환되어야 한다는 종래의 주장만 되풀이했다.

2021년 8월 14일 오후, 한국에서 출발한 공군 특별기는 카자흐스탄의 크즐오르다공항에 도착했다. 내 무덤 앞에서 추모식이 열리고 곧 파묘(破墓)를 시작했다. 내가 떠난 뒤에 크즐오르다의 내 무덤 자리는 나를 추모하는 공원으로 새롭게 꾸며진다고 한다. 다음 날은 한국의 76주년 광복절이다. 그날 아침에 나는 카자흐스탄을 떠났다. 내 유해를 담은 관 위에는 태극기가 덮였다. 한나절 동안 북쪽 하늘의 상공을 날아서 저녁 무렵에 나는 한국으로 돌아왔다. 얼마나 그리워하던 조국인가. 그토록 돌아오고 싶었던 내 고국 땅으로 드디어 돌아온 것이다.

8월 18일, 나는 국립대전현충원 3묘역에 정식으로 묻혔다. 머나먼 이역 땅에서 세상을 떠난 지 무려 78년 만의 감격적인 귀국이었다. 이날 안장식에서 대통령이 직접 추념사를 하였다. 대통령은 연설 후반부에 뜻밖에도 이동순 시인이 쓴 추모시 한 대목을 떨리는 목소리로 낭송하였다. 끓어오르는 감개에 북받쳐 한순간 울먹이기도 했다. 그 대목은 다음과 같다.

열 권 분량의 『홍범도』 대하 서사시를 완결한 바 있는 이동순 시인은, 이제야 긴 여행을 끝내고 고국으로 돌아온 장군의 마음을 이렇게 표현했습니다. "나 홍범도, 고국 강토에 돌아왔네. 저 멀리 바람찬 중앙아시아 빈들에 잠든 지 78년 만일세. 내 고국 땅에 두 무릎 꿇고 구부려 흙냄새 맡아 보네. 가만히 입술도 대어 보네. 고향 흙에 뜨거운 눈물 뚝뚝 떨어지네."

-안장식 날 대통령 추모사 중에서

2023년 삼일절을 앞두고 이동순 시인은 나를 주인공으로 하는 848쪽이나 되는 평전 『민족의 장군 홍범도』를 발간했고, 그 두툼한 책을 들고 와서 대전의 내 무덤 앞에 헌정했다. 많은 사람이 그날 함께 와서 나에게 경건하게 참배했다. 참으로 고맙고 갸륵한 일이다. 그리고 그 책을 발간한 출판사인 한길사의 문화 공간 '순화동천'에서는 광복절 하루 전날인 8월 14일 저녁에 북 토크를 열었다. 그 자리에서 시인은 내 목소리를 흉내 내면서 실감이 느껴지는 화법으로 내가 암울한 시대에 우리 동포들에게 보내는 내용을 담은 자작시 한 편을 낭송했다.

　2023년 8월 하순으로 접어들면서 세상에는 점점 야릇한 분위기가 조성되었다. 국방부가 육군사관학교 교정에 설치된 독립운동가 다섯 분의 흉상을 철거하겠다고 발표했다. 안중근, 이회영, 김좌진, 이범석, 홍범도 등 5인이다. 그 이유로 대한민국의 건국에 독립운동가들의 역할은 그리 중요하게 작용하지 않았다는 것을 들었다. 미국이 일본에 원자탄 두 발을 투하한 것이 해방의 결정인 요인이며, 독립운동사는 중심적 역할을 하지 못했다는 야릇한 내용을 발표했다.

그러한 인식의 배경에 이른바 '뉴라이트'라는 막된 역사 인식이 자리 잡고 있다는 것을 뒤늦게 알게 되었다. 8·15광복절은 그 명칭조차 건국절로 바꾸어야 하고, 미국의 은혜로움에 대해 새로운 감사를 표시해야 한다고 했다. 뿐만 아니라 일본의 한반도 식민 통치 및 지배가 근대화와 경제발전에 크게 이바지했던 사실을 재인식해야 한다고 역설했다. 그들은 지원과 강제징용, 위안부 여성들에 대해서도 그에 합당한 급료를 일본 정부가 지급했을 뿐만 아니라 정상적 고용 절차를 거친 계약이었다고 말한다. 그들은 침탈(侵奪)이란 용어가 아주 잘못된 표현이라고 말한다. 참으로 경천동지(驚天動地)할 일이 아닐 수 없다. 그러한 발상이야말로 반역적이고 매국으로 이어지는 지름길이라 하겠다. 너무도 위험천만한 생각을 실현에 옮기고 있는 것이다.

이 발표를 들으며 나는 고국에 돌아온 것을 크게 후회하였다. 그들은 국민적 저항에 부딪히게 되자 다른 네 분의 흉상은 육군사관학교 내부의 다른 곳으로 이전하고,

내 흉상은 기어이 철거해야 한다고 떠벌였다. 그 까닭은 내가 소련 공산당의 당원이었고, 볼셰비키와 빨치산 경력을 가졌기 때문이라고 말한다. 새로 국방부장관 자리에 오른 신원식은 나를 일컬어 '뼛속까지 붉은 빨갱이'라고 매도했다. 일평생 '고려 독립'만을 위해 투쟁적으로 살아온 내가 왜 이제 와서, 그것도 고국 땅에서 이런 수모를 받고 뼈아픈 상처를 입어야 하는가. 이렇게 함부로 매도하려고 나를 카자흐스탄에서 데려온 것인가. 나는 혼자 깊은 생각에 잠겼다. 이 일을 과연 어떻게 대응해야 하는가. 현재 나의 처지가 육신은 없고, 스스로 목소리를 낼 수 없는 상태이니 그 답답함을 어디에도 하소연할 길이 없다. 그래서 나를 진정 이해하고 알아주는 특별한 독지가에게 찾아가서 그와 영혼의 대화를 나누며 내 마음을 겨우 전하고 있을 뿐이다.

조국의 현실은 앞으로 점점 험난하고 고통스러운 위기와 맞닥뜨리는 상태다. 이런 위기의 시대에 이동순 시인이 '홍범도 장군의 절규'라는 제목의 시 작품을 발표해서 내 억울함과 답답한 심정을 생생하게 대변해주었다. 시

인은 페이스북이란 곳에 작품을 발표했었는데 담당 관리
자는 그 작품을 '혐오 표현'이라는 이유로 삭제해버렸다. '
왜놈', '왜적'이란 단어가 두어 군데 들어갔다고 해서 취해
진 조치로 보인다. 그 압수 조치를 본 다수의 독자가 이 작
품을 여기저기 퍼나르기를 시작했다. 이 작품은 엄청난
속도로 전국의 독자들에게 다가가서 심금을 울리게 되었
다. 독자 여러분께서는 이 시 작품의 행간과 여백에 담긴
뜻이 과연 무엇을 의미하고 있는지 곰곰이 헤아려주시기
바란다. 앞으로 내 문제와 관련해서 일어날 여러 가지 일
이 결코 순탄하지 않을 것 같은 예감이 자꾸만 내 마음속
에 불안하게 감돈다. 내 심정을 생생히 담아내고 있는 시
한 편을 읽으며 이 글을 마칠까 한다.

  홍범도 장군의 절규
                이 동 순

  그토록 오매불망
  나 돌아가리라 했건만

막상 와본 한국은
내가 그리던 조국이 아니었네

그래도 마음 붙이고
내 고향 땅이라 여겼건만
날마다 나를 비웃고 욕하는 곳
이곳은 아닐세 전혀 아닐세

왜 나를 친일 매국노 밑에 묻었는가
그놈은 내 무덤 위에서
종일 나를 비웃고 손가락질하네
어찌 국립묘지에 그런 놈들이 있는가

그래도 그냥 마음 붙이고
하루하루 견디며 지내려 했건만
오늘은 뜬금없이 내 동상을
둘러 파서 옮긴다고 저토록 요란일세

야 이놈들아,

내가 언제 내 흉상 세워 달라 했었나

왜 너희 마음대로 세워놓고

또 그걸 철거한다고 이 난리인가

내가 오지 말았어야 할 곳을 왔네

나를 지금 당장 보내주게

원래 묻혔던 곳으로 돌려보내주게

나는 어서 되돌아가고 싶네

그곳도 연해주에 머물다가

무참히 강제 이주되어 끌려와 살던

남의 나라 낯선 땅이지만

나는 거기로 돌아가려네

이런 수모와 멸시를 당하면서

나, 더 이상 여기 있고 싶지 않네

그토록 그리던 내 조국 강토가

언제부터 이토록 왜놈의 땅이 되었나

해방 조국은 허울뿐

어딜 가나 왜놈들로 넘쳐나네

언제나 일본의 비위를 맞추는 나라

나, 더 이상 견딜 수 없네

내 동상을 창고에 가두지 말고

내 뼈를 다시 중앙아시아

카자흐스탄 크즐오르다로 보내주게

나 기다리는 고려인들께 가려네

한민족의 정체성을 만든
인물들을 통해, 삶의 지혜와
미래의 길을 연다.

근세

지킬 것은 굳게 지킨 성인군자 보수의 표상

나는 **퇴계**다

'완전한 인간'을 위한
자기 단련의 길이 나 퇴계다

"나는 책이 닳도록 수백 번을 읽었다. 그랬더니
글이 차츰 눈에 뜨였다. 주자도 반복해서 독서하라.
이르지 않았던가? 다른 사람이 한 번 읽어서 알면,
나는 열 번을 읽는다. 다른 사람이 열 번 읽어서
알게 된다면, 나는 천 번을 읽었다."
-퇴계가 독자에게-

박상하 지음 | 값 14,800원

근세

보수의 대지 위에 뿌린 올곧은 진보의 씨앗

나는 **율곡** 이다

바꾸자는 개혁의 길
너의 생각이 나 율곡이다

"나라는 겨우 보존되고 있었으나, 슬픈 가난으로
시달리는 백성들은 온통 병이 깊어 숨이
넘어갈 지경이었다. 백척간두에 선 채 바람에
이리저리 위태롭게 흔들리고 있었다.
내가 개혁을 외치고 나선 이유다."
-율곡이 독자에게-

박상하 지음 | 값 14,800원

현대

남북한과 동서양의 화합을 위해 헌신한 삶과 음악

나는 **윤이상** 이다

남북통일과 세계의 화합과 평화를 염원하며 작곡했다

"나는 남한과 북한, 동양과 서양, 고전과 현대의 경계에 서서 화합을 모색해 왔다. 우리 민족혼을 바탕으로 민주화와 통일을 갈망했고 세계가 전쟁과 핵 공포에서 벗어나 평화와 평등의 세상으로 나가기를 바랐다. 내 음악은 이 모든 염원의 표상이다"
-윤이상이 독자에게-

박선욱 지음 | 값 14,800원

현대

모국어로 민족혼과 향토를 지켜낸 민족시인

나는 **백석** 이다

깊은 슬픔을 사랑하라

분단의 태풍 속에서 나는 망각의 시인이었다.
하지만 한국의 독자들은 다시 내 시에
영혼의 불을 지폈다.
나는 언제나 외롭고 높고 쓸쓸한 시인이다.
-백석이 독자에게-

이동순 지음 | 값 14,800원